CIDADE DE DEUS Z

JULIO PECLY
CIDADE DE DEUS Z

FLuP

Casa da Palavra

Copyright © 2015 herdeira de Julio Pecly
Copyright © 2015 Casa da Palavra

Todos os direitos reservados e protegidos pela Lei 9.610, de 19.2.1998.
É proibida a reprodução total ou parcial sem a expressa anuência da editora.
Este livro foi revisado segundo o Novo Acordo Ortográfico da Língua Portuguesa.

Curadores do selo FLUPP
Ecio Salles e Julio Ludemir

Preparação
Breno Barreto

Revisão
Leonardo Vianna

Capa
D29/Leandro Dittz e Sílvia Dantas

Imagens de capa
Rio de janeiro RJ. 10/04/2012. Extra Extra para Berenice. Varal na pracinha da comunidade, Cidade de Deus. Nina Lima/Extra/Agencia O Globo; dtopal/Shutterstock.com

Diagramação
Filigrana

CIP-BRASIL. CATALOGAÇÃO-NA-FONTE
SINDICATO NACIONAL DOS EDITORES DE LIVROS, RJ

P383c
 Pecly, Julio
Cidade de Deus Z / Julio Pecly. - 1. ed. - Rio de Janeiro : Casa da Palavra, 2015.
21 cm.

ISBN 978-85-7734-586-1
1. Ficção brasileira. I. Título.

15-25585   CDD: 869.93
                 CDU: 821.134.3(81)-3

CASA DA PALAVRA PRODUÇÃO EDITORIAL
Av. Calógeras, 6, sala 701 - Rio de Janeiro
21.2222-3167 21.2224-7461
editorial@casadapalavra.com.br
www.casadapalavra.com.br

COLÔMBIA

Em alguma floresta da Colômbia, uma mulher nua, usando apenas máscara cirúrgica, mexia trinta quilos de cocaína pura com uma pá. A pasta ainda não havia atingido o ponto desejado por ela, que voltou para dentro do acampamento coberto por lonas, onde outras cinco pessoas faziam seu trabalho cotidiano. Na floresta, seis homens armados com fuzis observavam tudo o que acontecia no laboratório de refino de coca. O que parecia ser o chefe tirou da boca um cigarro pela metade e o jogou no chão, pisando em cima depois. Fez um sinal para seus comandados, passou o polegar em volta da garganta, como se estivesse cortando alguma coisa, e depois fez um sinal de positivo. Os homens destravaram seus fuzis e invadiram o precário laboratório. Tendo somente os animais e as árvores como testemunhas, fuzilaram todos que trabalhavam lá dentro. Durante trinta segundos nenhum outro som foi ouvido na floresta senão o barulho dos tiros. Pensando que todos tinham morrido, os assassinos baixaram a guarda. Não perceberam que um dos homens, Pablo, um pobre diabo que fazia esse trabalho apenas por dinheiro, com o intuito de sustentar sua família, se arrastou para trás de algumas bombonas, pegou uma granada bolinha, bem enferrujada, destravou, segurou durante alguns segundos e depois a jogou na direção de um barril cheio de éter, morrendo logo em seguida. Ao ver a granada rolando pelo chão como uma bola de golfe, um dos assassinos tentou gritar para avisar aos outros que corressem. Não teve tempo, ela explodiu. Alguns segundos depois o tonel de éter também explodiu, acabando de matar quem ainda estava vivo.

O incêndio consumiu todo o laboratório, acabando com todos os corpos. Tudo permaneceu do mesmo jeito durante alguns anos. Como sempre, a natureza tomou de volta todo o local que os homens tinham derrubado para construir o laboratório, e a vida continuou em seu ritmo normal naquele pedaço de selva na Colômbia. Até o dia em que caçadores de palmito chegaram ao local, procurando por novas palmeiras para colher a iguaria. Os três caçadores sabiam que ali tinha existido um laboratório que havia explodido. Como já fazia mais de três anos que tudo tinha acontecido, decidiram ir para aquelas bandas.

Porém, não acharam nada. Já estavam indo embora quando um dos cachorros que os acompanhavam começou a latir, indo para o local onde havia existido o laboratório. A certa altura, o cachorro começou a cavar com voracidade. Depois de ter cavado cerca de dez centímetros, os homens puderam ver uma pedra coberta de terra. Carlos, um dos caçadores de palmito, se aproximou, começou a cavar com as próprias mãos e acabou desenterrando uma pedra que pesava cerca de oito quilos. O mesmo cachorro começou a cavar desesperadamente em outro lugar, e foi seguido por Carlos. Desenterraram outra pedra, que pesava uns seis quilos. Encontraram ainda uma terceira pedra tão grande quanto a primeira. Os caçadores começaram a limpar as pedras e, depois de tirar toda a terra de cima, puderam ver que elas eram ovais e tinham uma cor branca, quase amarelada. Ali mesmo eles começaram a pensar o que poderiam fazer com as pedras, que eles sabiam se tratar da cocaína do laboratório que explodiu. Foram para a aldeia onde moravam, levaram as pedras para a casa de Carlos. Como eram simples camponeses, não sabiam quem comprava as drogas para levar a outros países, o máximo que eles conheciam eram os donos das plantações de coca e os administradores dos laboratórios. Por isso, resolveram chamar o senhor Deodato, a pessoa que sempre os contratava para trabalhar na época da colheita das folhas de coca. Deodato olhou para as pedras, não disse nenhuma palavra, tirou o celular do bolso, ligou para uma pessoa. Conversaram em português por alguns minutos, a última palavra dita por Deodato foi OK. Os caçadores de palmito sorriram, sentindo que iam ganhar algum dinheiro. Deodato tirou do bolso uma nota de vinte dólares, entregou-a na mão de Carlos. Ele explicou que não poderia pagar mais porque a pedra estava contaminada. Teria que tirar das mãos deles apenas para jogar fora, pois se a polícia encontrasse as pedras na aldeia, todos poderiam ser presos por tráfico de drogas. Deodato pediu que os caçadores de palmito colocassem a pedra no porta-malas do carro dele, indo embora em seguida. Os três caçadores foram felizes da vida para casa. Gastaram o dinheiro naquele dia mesmo, tudo em cerveja.

Deodato estacionou a caminhonete numa clareira afastada da estrada, desceu do carro, ficou encostado à porta, colocou os óculos de sol, ajeitou a pistola na cintura. Depois de dez minutos de espera, ouviu o som de um motor. Ao ver o outro carro vindo em sua direção, tirou a pistola da cintura, destravou. Só relaxou ao notar que era o carro do matuto. O outro carro parou atrás do carro dele, os dois se cumprimentaram.

– O que você tem pra mim? – perguntou o matuto.

– Eu tenho uns vinte quilos de pedra.

– Vinte quilos! Deixa eu ver!

Deodato abriu o porta-malas, colocou cada pedra em uma mochila preta e abriu as três para que o matuto desse uma olhada. O matuto olhou, observou bem e fez uma cara de poucos amigos.

– Essas pedras estão sujas pra caralho.

– Eu que não tive tempo de dar uma limpada nelas, mas garanto que a qualidade é das melhores.

– Tô cismado, cara, a cor está meio esquisita. Não posso levar material ruim para aquela gente.

– Alguma vez eu já te passei algum material que não fosse de primeira?

– Não! – respondeu o matuto. – Beleza! Vou levar essa parada, mas só vou te pagar mil. Tá muito estranho mesmo esse material. Além do mais já comprei muita coisa e só vou levar essas pedras porque você é meu amigo. Muitas favelas lá no Rio não estão mais vendendo pedra.

— Vamos fazer um trato, assim nem eu, nem você perdemos. Eu pego esses mil e como eu sei que ninguém vai reclamar desse produto, quando você voltar aqui novamente, me dá os quinhentos – propôs Deodato.

O matuto pensou alguns segundos antes de responder.

— Beleza, coloca tudo no meu carro.

DUQUE DE CAXIAS

Dez dias depois de sair da Colômbia com o carro cheio de drogas, o matuto chegou a Duque de Caxias, no estacionamento de um motel, para entregar sua última carga, as três mochilas com as pedras. A transação foi rápida, o taxista entregou o maço de notas, pegou as mochilas e colocou no banco de trás do Santana.

Da Washington Luís, o taxista pegou a Linha Vermelha. Sua ideia era sair para a avenida Brasil e de lá seguir em direção à Zona Oeste, onde entregaria as pedras. Como era tarde da noite, já tendo visto uns homens armados na beira da via expressa, ele decidiu acelerar. Já estava acima de 120, mas, como ainda não se sentia seguro, decidiu se manter em velocidade alta por mais alguns quilômetros. Para seu azar, não viu uma patamo parada próximo a uma fábrica abandonada. Foi só passar pela viatura para começar a ouvir a sirene tocando. Pelo retrovisor pôde ver os policiais se aproximando, diminuiu a velocidade, foi para o acostamento. Eles vinham armados de fuzil. O taxista abriu a porta, desceu devagar. Um dos policiais começou a revistá-lo enquanto os outros ficavam na contenção, apontando as armas na sua direção.

— Tá indo pra onde com tanta pressa? — perguntou o sargento Fontes.

— Eu vi uns caras armados na beira da Linha Vermelha, fiquei com medo. Por isso que estava nessa velocidade toda.

— Aqui pelo nosso rádio não ouvi nada sobre homens armados na beira da Linha Vermelha. — Só o sargento Fontes falava; os outros policiais se limitavam a observar.

— Vou te dar um papo reto. Tá com alguma coisa aí no carro?

— Tou sim, não vou mentir pro senhor.

— Beleza, gosto assim. Tem quanto pra perder?

— Tenho cem reais pra perder.

— Porra! Tu tá de sacanagem, né? Nós somos cinco e você só tem cem pra perder. Silva, dá uma olhada no carro e me diz o que ele tem aí.

Enquanto Silva revistava o carro, o desenrolo entre o taxista e o sargento continuava.

— Se você tiver 250, tamo conversado.

A conversa foi cortada por Silva, que saiu sorridente de dentro do Santana.

— Se demos bem, sargento, ele tem mais de vinte quilos de pedra no carro.

— É, meu filho, agora a conversa mudou de figura. Pra gente te liberar tem que perder cinco barão — anunciou o sargento.

O semblante do motorista fechou.

— Não tenho mesmo.

— Então tu vai de dura, irmão. Coé, Fagundes, liga praquele fotógrafo e avisa que a gente tá indo pra delegacia com uma grande quantidade de drogas.

Quando os policiais chegaram à delegacia, o fotógrafo do jornal *Meia Hora* já estava aguardando por eles, ávido para tirar uma foto de mais uma apreensão de drogas.

— O que vocês conseguiram? — O repórter estava muito curioso.

— Pegamos duas mochilas com pedras imensas de crack. Aqui tem cerca de quinze quilos de pedra. — Fontes abriu a caçapa para que o repórter visse o material.

— Vamos logo tirar essa foto.

— Calma, deixa a gente preparar tudo lá dentro. O coronel deu ordem pra em qualquer apreensão que for sair em jornal ele estar na foto, com os policiais e o número do batalhão.

— Não é sempre que a Polícia Militar tem a oportunidade de aparecer bem na mídia — lembrou o fotógrafo.

Os policiais levaram a droga para a sala do coronel e posicionaram bem as mochilas, de modo que as pedras pudessem ser vistas; colocaram a logomarca da PMERJ, o número do batalhão e a foto foi tirada com o coronel sorrindo ao lado dos policiais. No dia seguinte, em todas as bancas era possível ler a notícia: "POLÍCIA APREENDE DUAS MOCHILAS COM PEDREGULHOS DE CRACK."

Depois de descobrirem que o taxista estava sem dinheiro para se livrar do flagrante, o sargento Fontes ligou para um traficante da Cidade de Deus, dizendo o que estava em seu poder. Pediu cinco mil reais. Devido à choradeira do bandido, o preço das mochilas caiu para quatro mil. Fontes mandou o soldado Silva, junto com o motorista do táxi, entregar a droga na favela. Para não prender o taxista, com medo de que ele desse com a língua nos dentes sobre o esquema de venda de drogas apreendidas para traficantes, Fontes ordenou que ele abandonasse o táxi ali mesmo, para depois dar queixa na delegacia sobre o roubo do automóvel. Os policiais ganhariam seu dinheiro, o taxista não iria para a cadeia. Depois de tudo combinado, o sargento Fontes apertou a mão do taxista.

— Foi muito bom negociar com você.

Partiram para a delegacia.

CIDADE DE DEUS

Às seis horas da tarde, na favela o movimento é muito grande, as pessoas estão voltando para casa depois de um dia cansativo de trabalho. Ao descer do segundo ônibus, alguns do terceiro, a única coisa que a pessoa quer é chegar em casa, tomar um banho, jantar, assistir a um pouco de televisão ou dar uma ida ao bar, para depois dormir, porque tem que começar tudo de novo no dia seguinte. Só que dessa vez alguma coisa de muito estranha estava acontecendo na comunidade. Quando Nelson e Lucas desceram do ônibus, puderam ver um grande número de policiais e viaturas na rua por onde eles costumavam caminhar para chegarem em suas casas.

— Que merda é essa, cara? — Nelson não estava entendendo nada.

— Sei lá, cara. Falaram que o governo ia implantar uma UPP aqui, só que nas outras comunidades, antes de invadirem, eles sempre avisavam. Pela televisão. Antes de invadir, eu li que os helicópteros jogavam papel do alto para as pessoas lerem.

Os dois se aproximaram de um policial que estava armado em frente a uma das entradas da comunidade, impedindo que os moradores entrassem ou saíssem. Lucas aproximou-se do policial.

— O que está havendo aqui? É algum tipo de invasão? O Bope vai entrar na comunidade?

— Não tenho nenhuma informação, só tenho uma ordem, não deixar ninguém entrar e nem ninguém sair. Tenho ordem de atirar para matar quem não obedecer.

— E as outras entradas, será que está dando pra passar? — Nelson já estava começando a ficar preocupado.

— Todas as entradas estão fechadas, ninguém pode entrar ou sair, é só isso que eu sei.

Os dois se afastaram do policial.

— O que a gente faz agora, Lucas?

— Sei lá, cara. Vamos ver se a entradinha da pinguela está liberada. Poucas pessoas conhecem ali.

— Vamos sim.

Os dois passaram pela frente dos policiais. A entrada que procuravam ficava a quase quinhentos metros do local onde estavam. Durante a caminhada, perceberam que a situação era muito grave: uma quantidade enorme de policiais, carros de polícia, repórteres de vários canais de televisão, um helicóptero da polícia que ficava voando de um lado para o outro, com os atiradores de elite pendurados nas portas. Quem nunca viu uma situação dessas pode imaginar algo parecido com uma cena do filme *Platoon* na qual um soldado pendurado na porta de um helicóptero com uma ponto trinta mata tudo que vê lá embaixo. A polícia do Rio estava usando técnicas de guerra para impedir que as pessoas entrassem e saíssem da Cidade de Deus. Por todas as ruas que eles passaram encontraram a mesma situação: fechada, com pessoas querendo entrar para seu merecido descanso e a polícia não deixando ninguém passar. Nelson parou de correr nas imediações da entrada que procuravam.

— Estamos dando mole, cara. Por que a gente não liga pra casa e pergunta o que está acontecendo?

Os dois pegaram seus celulares quase ao mesmo tempo, tentaram ligar, mas não conseguiram.

— Sem sinal! Agora eu estou muito preocupado mesmo, tenho que entrar em contato com minha família. — No rosto de Lucas, começava a se expressar um começo de desespero.

— Vamos tentar entrar pela pinguela e ver se conseguimos.

Continuaram correndo, e quando chegaram ao local onde deveria estar uma ponte não muito larga feita de concreto, só encontraram um monte de pedra e vergalhões tortos. Aparentemente tinham dinamitado a ponte para que ninguém passasse de jeito nenhum.

— Vamos tentar ir por dentro do rio, Lucas.

— Você está maluco. Lembra aquela vez que um moleque tentou pegar uma bola aqui no rio? Ele afundou e morreu afogado. Aí no fundo tem muito lama e bosta, que acaba te segurando.

— Vamos fazer o quê, cara?

— Sei lá. Vamos ficar lá na entrada pra ver o que acontece. Se liberarem a gente entra na favela, na pior das hipóteses vamos saber o que está acontecendo.

DOIS DIAS E MEIO ATRÁS

O falcão estava em cima de uma árvore. Ao ver o táxi se embrenhando pelo meio do matagal, ele, que não deveria estar dormindo, despertou assustado e passou um rádio para Maria, a mulher que sempre negociava com os policiais. Boca de Nike não gostava que muitas pessoas do seu bando tratassem de negócios relativos à venda de drogas, pagamento de propinas ou negociação para libertação de traficante preso, pois quanto menos pessoas soubessem desse tipo de negociação, melhor para todos. Caso algo desse errado, ele não precisaria eliminar muitas pessoas. Simplesmente matava Maria. Naturalmente outra pessoa a substituiria. Gente de olho no trabalho dela não faltava. Apesar dos riscos, o trabalho valia a pena, Boca de Nike sabia pagar bem pelo silêncio das pessoas – desde que não fossem policiais militares. O silêncio deles custava caro demais, acabava inflacionando o mercado.

– Se liga, chegou um táxi.

Maria não usava armas, ela não se achava uma criminosa, era algo como uma assessora de imprensa. Em sua mente carcomida pelo uso constante de cocaína, ela se achava importante na cadeia produtiva do tráfico de drogas. Só que antes dela, muitas outras tinham assumido essa função, e muitas tinham morrido.

Silva já desceu do carro com a mochila na mão. A maior parte do dinheiro que recebia mensalmente vinha das transações erradas, do pagamento de propina. Dentro de si, sentia vergonha toda vez que negociava alguma coisa com bandidos, sabia que aquilo era errado, fazia porque gostava muito de dinheiro, gostava de ostentar uma vida que não condizia com seus ganhos. Só que estava viciado nisso, não só ele, como sua família também. Se de uma hora para outra se transformasse em um policial honesto, a vida da família ia mudar muito, não poderia mais ter um carro, não poderia colocar os dois filhos em colégios particulares, ou seja, estava preso nessa desgraça.

— Trouxe a grana?

— A grana está aqui. — Quando a negociação era com policiais, Maria gostava que as coisas terminassem logo. Pois ela confiava mais em um bandido do que em um cara que usava a farda para encobrir seus crimes.

Ela entregou o dinheiro para o policial, que o contou rapidamente, colocou no bolso e não esperou nem mais um segundo antes de entrar no carro. Mandou o taxista ir embora dali. Por mais que fizesse esses negócios, sabia que seu pai, se estivesse vivo, nunca aceitaria uma atitude dessas, pois ele foi sempre um policial honesto.

Maria passou um rádio para um mototáxi, que chegou rapidamente.

— Me leva pra endola.

O piloto saiu a toda velocidade, tirando fino de carros, quase atropelando as pessoas. Alguns ainda pensavam em xingar o motociclista, mas ao verem quem estava na garupa, achavam melhor ficarem quietos. Se o mototáxi estava correndo com ela na garupa, era porque tinha que ser daquele jeito. Cuidar da própria vida: uma das regras básicas da boa convivência em favelas. Rapidamente chegaram à casa da endola. Era uma casa em obra, ou pelo menos era o que se podia pensar vendo pelo lado de fora. Dentro, no entanto, era uma casa comum – tinha banheiro, cozinha, geladeira, quase tudo que havia numa moradia normal. Em um quarto se endolava maconha, em outro preparavam a cocaína para vender no varejo, pó de cinco, de dez, de vinte, pancadão de cinquenta, crack, loló e, de vez em quando, haxixe. Maria entrou na casa e entregou a mochila para o gerente de branco.

— Chegou o crack – anunciou ela.

O gerente tirou a pedra da mochila, olhou bem para ela, analisou.

— Essa pedra tá estranha, tá com uma cor esquisita, parece que foi lavada. Acho que o Nike vai ficar bolado se eu colocar esse negócio na rua.

— Eu não tenho nada a ver com a qualidade do crack, os cracudos que se fodam, eu não uso essa porra, tô cagando e andando pra qualidade dessa merda. Já fiz o meu trabalho. Você que desenrola com o Boca. Beleza? – Maria foi logo tirando o dela da reta.

O gerente não disse nada. Pegou a mochila e entregou na mão de um dos caras que estavam endolando.

– Quebra e começa a endolar esse crack. Tem que estar na pista antes de meio-dia. Poucos lugares estão com crack. Do jeito que a coisa anda, logo todos os cracudos das redondezas vão vir pra cá. – "Que se dane", pensou o gerente, "deixa eu continuar contando o dinheiro de ontem, que eu tô cheio de fome".

ENQUANTO ISSO, NA FAVELA SITIADA

Parecia ser mais um dia na Cidade de Deus. As drogas estavam vendendo bem: maconha, cocaína – crack, nem se fala. Até as bocas de fumo estavam aderindo ao politicamente correto, muitas favelas não vendiam mais crack. As que vendiam ficavam lotadas de cracudos perambulando de um lado para o outro. Boca de Nike não queria vender crack, porém a ordem mandando parar a venda da droga do apocalipse tinha que vir lá de cima, precisamente, de Mossoró. Como tal ordem não vinha, a favela continuava vendendo. Isso acarretava algumas consequências não muito legais, como o aumento do número de roubos de pequenos objetos, invasões de domicílios, roubo de bicicletas, um monte de gente suja pelas ruas, rasgada, parecendo mendigo. Isso porque os usuários de crack estavam mais para mendigos do que para usuários de outras drogas.

Guto e Ferrugem eram dois vapores, estavam vendendo na esquina da rua Um com a rua Dois, um vendia cocaína e o outro crack. Ao verem as pessoas chegando cada um gritava seu bordão.

– Pó! Pó! Pó de dez – gritava Guto.

– Crack! Crack de cinco – gritava Ferrugem.

As pessoas vinham parecendo formiga, e eles já estavam fazendo o terceiro turno da venda de drogas. O bordão era mero pretexto, servia apenas para as novinhas saberem que eles eram traficantes, porque muitas delas adoravam se insinuar, na tentativa de ter um caso, para serem mais respeitadas na favela. Respeitadas como putas, mas cada um tem o respeito que quer e merece.

– Porra, maluco, tô bolado! Todo dia eu discuto com minha coroa, ela quer mandar na minha vida. Mas eu sei o que estou fazendo, cara, quero juntar um dinheiro pra depois meter o pé daqui. Ela acha que vou ficar na boca por muito tempo. Fico mais bolado ainda quando ela diz que eu vou morrer cedo. Ela pensa que sou otário como muitos moleques que tem por aqui.

– Porra, Guto, eu nem discuto com minha mãe, quando ela começa a falar demais, eu simplesmente saio de casa, fico na rua, vou na casa de alguma piranha, quando eu volto no dia seguinte, ela já não tá dizendo mais nada.

Ao longe, Guto e Ferrugem avistaram um homem mancando na direção deles.

– Olha o estado daquele cara, Ferrugem, deve tá muito chapado de crack.

O cara caminhava como o Frankenstein, arrastando a perna, balançando para os lados. Estava com uma cara muito estranha: os olhos esbranquiçados, esbugalhados, parecendo não enxergar nada, tamanho era o estado de incapacidade mental causado pelo crack.

— Caralho, cara, que porra é essa? Nunca vi ninguém chapado de crack com essa cara não, eles devem ter misturado alguma coisa no crack. — Apesar de armado, Guto estava assustado.

— Nem quero saber se ele tá chapadão ou não. Ele tendo dinheiro, eu vendo. Vem, viciado! Vem, viciado! — chamava Ferrugem.

O cracudo, que parecia o monstro de Mary Shelley, foi o primeiro a vir na direção de Ferrugem. Aproximou-se esticando uma nota de cinco reais que trazia em uma das mãos. Atrás dele vinham mais três cracudos no mesmo estado. Quando Ferrugem ia pegar a nota para entregar a pedra ao Frankenstein, o cracudo foi mais rápido e agarrou o pescoço do traficante, arrancando-lhe o saco com a droga. Apertou com tanta força que Ferrugem já estava começando a perder os sentidos. Segundos antes de desmaiar conseguiu tirar a pistola da cintura e disparou várias vezes na barriga do cracudo, que cambaleou três passos para trás e voltou a tentar enforcá-lo. Guto viu o que estava acontecendo, destravou o fuzil e apertou o gatilho. Resultado: cortou o cracudo ao meio com uma única rajada. Ao ouvir os tiros, três soldados vieram ajudar. Vendo os cracudos indo em direção a Ferrugem e Guto, largaram o dedo em cima dos três. Sobrou apenas uma poça de sangue embaixo dos corpos crivados de bala.

Ninguém entendia direito o que estava acontecendo. Besteirinha, um moleque magrinho, de uns 18 anos, medindo cerca de 1,65m, aproximou-se gritando:

— Esses filhos da puta estão parecendo os zumbis de um filme que eu vi ontem na gatonet.

— Então eles eram zumbis, olha só o que meu fuzil fez com eles. — Rinaldo sorria. Por isso que seu apelido era Mata-rindo.

O sorriso sumiu do seu rosto no segundo em que viu uma horda de cracudos, que andavam como zumbis, andando na direção deles. Todos começaram a atirar. Alguns zumbis caíam ao serem alvejados, depois levantavam e continuavam indo na direção deles. Ferrugem e Guto pararam de atirar.

— Vamos sair da pista, tá sinistro hoje. Vamos no cafofo do Boca. Ele tem que saber o que tá acontecendo. A gente se vê por lá, Ferrugem.

— Valeu, Guto!

Ao ouvirem o som de um helicóptero vindo na direção deles, os bandidos se dispersaram. Cada um foi numa direção, para atrapalhar a mira do atirador do Bope.

PAUSA PARA O SEXO ORAL

Aline tinha sido uma criança bonita, uma menina bonita, até conhecer uma pessoa errada, que a levou para o mundo das drogas. Maconha, cocaína, loló, até chegar ao crack, que passou a ser o único interesse de sua vida miserável. Uma vida que, por mais que quisesse abandonar, não conseguia. Para uns era algo relacionado a vidas passadas, à lei do retorno. Para outros era encosto, sempre que ela ia à Igreja Universal do Reino de Deus, diziam que ela tinha uma pomba gira de frente, que fazia com que ela usasse o corpo para a prostituição, para assim conseguir dinheiro para as drogas. O crack costuma ser a última droga usada pelos viciados. Geralmente depois dele vem a morte. Para outros, ainda, seu problema com as drogas era apenas falta de vergonha na cara, falta de força de vontade para se livrar do vício.

Apesar do uso constante do crack, dava para ver que Aline tinha sido uma mulher bonita, pois ainda havia traços de uma beleza perdida. Porém a magreza, a falta de alguns dentes e a sujeira afastavam a maioria dos homens. Só que para cada infeliz que existe, existe outro mais infeliz ainda, como alguns homens solteiros e solitários, que, não conseguindo uma relação, apelavam para mulheres como Aline. Carentes de alguns minutos de prazer, contratavam cracudas ou cachaceiras para darem uma chupada no pau deles. No início eles pagavam dez reais, mas depois que viravam fregueses das boqueteiras, elas às vezes cobravam cinco, três reais, dependia do grau de instigação que estavam em usar o crack.

Aline já tinha chupado três pirocas e fumado duas pedras de crack. Os últimos cinco reais que tivera, não sabia como tinha perdido. Precisava arrumar mais um dinheiro para comprar outra pedra, pois depois da última fumada, estava se sentindo estranha, com mais vontade ainda de fumar. Notou que estava perto da casa de um cliente assíduo. Olavo era um cara de cinquenta anos, aposentado por problemas mentais. Quando era segurança de um banco, quase foi morto em um tiroteio. Depois disso perdeu família, casa e tudo mais que tinha de valor. Hoje morava em uma pequena casa na favela. Como não tinha mulher, costumava usar o serviço das cracudas.

Aline bateu na porta de Olavo. Ele demorou quase um minuto, pois estava terminando de fazer um sexo solitário. Sorriu ao ver quem era. Sabia que vinha uma bela de uma mamada. Segundo ele, Aline mamava como uma bezerra.

— Oi — cumprimentou ele ao abrir o portão.

— Oi — respondeu ela. — Estava passando por aqui, resolvi dar uma passadinha pra ver se você queria uma chupadinha hoje.

— Você sabe que eu não recuso uma mamadinha, mas só que eu ainda não recebi e só tenho cinco pratas.

— Beleza, tá tranquilo. Depois você me dá a forra.

Olavo abriu o portão para que ela ficasse no quintal. Não gostava que essas mulheres entrassem em sua casa, com medo de que vissem o que tinha lá dentro e tentassem assaltá-lo. Foram para um cantinho do pátio. Olavo baixou um pouco as calças, não usava cuecas, pois passava a maior parte do tempo dentro de casa, vendo televisão ou tocando punheta. Ainda não tinha tomado banho, seu pau devia estar meio fedorento, mas nada disso importava para Aline. Ela só queria acabar logo com aquilo e comprar mais uma pedra. Ela começou a chupar, podia ouvir os gemidos de Olavo. De repente, Aline começou a sentir umas pontadas na cabeça, uma dor muito grande. Algo como uma explosão atômica aconteceu em sua mente. Perdeu completamente o controle, só conseguia pensar em uma coisa: usar crack. Seu corpo começou a se movimentar com muita dificuldade. Mordeu o pinto de Olavo com tanta força, que o arrancou fora de uma vez só. Ele sentiu tanta dor que chegou a se cagar. Aline pegou o dinheiro da mão do homem e, com a boca suja de sangue, entrou na casa dele, procurando instintivamente algum objeto de valor. A casa era fedorenta, sofá velho, móveis sujos e velhos. A única coisa que parecia ter algum valor era uma televisão CCE muito antiga, que talvez nem valesse uma pedra de craque. Ela continuou procurando, jogando tudo no chão, sem encontrar nada. Enquanto remexia em todos os lugares, só tinha uma coisa na cabeça: crack! O pensamento era tão forte que tinha que ser extravasado pela voz, se não parecia que ela ia explodir de tanta vontade de usar pedra.

— Craaack! Craaack! Craaack! — dizia ela incessantemente.

Aline pegou a televisão, colocou nas costas e, mesmo andando tropegamente, foi em direção à boca de fumo, para comprar crack.

— BOCA DE NIKE!

Boca de Nike tinha 26 anos. Desde os vinte era um dos criminosos mais procurados da cidade. Tinha esse nome, "Boca de Nike", devido a um derrame facial que tivera aos 16 anos, quando tomou uma coça dos guardas do padre Severino. O lado esquerdo do seu lábio superior ficou paralisado, assim como o lado direito do lábio inferior, lembrando o símbolo da Nike. No início ele não gostava desse apelido, mas com o tempo deixou de lado, não ligava mais. Estava em uma de suas casas fodendo com uma dessas patricinhas da Barra que fariam tudo que ele quisesse em troca de cocaína. Estava de olho na bunda dela.

Ferrugem e Guto entraram correndo na casa onde Boca de Nike estava escondido. Quase foram mortos pelos seguranças. Do jeito que entraram, pensaram que se tratava de um ataque inimigo. Um dos seguranças apontou a arma para Guto e, quando ia atirar, reconheceu o garoto.

— Tu quer morrer, filha da puta? Como que você entra desse jeito onde o patrão tá escondido? Pensei que eram os "Alemão" invadindo.

— Foi mal, Cocão. Cadê o patrão?

— Tá lá nos fundos com uma patricinha.

Guto e Ferrugem foram para o quarto onde Boca de Nike ficava com suas mulheres. Bateram na porta. Boca mandou eles entrarem.

— Espero que seja algo muito importante, pois eu estou aqui com uma convidada e vocês dois são chatos pra caramba. O que foi que houve?

Ferrugem foi logo explicando.

— Porra, patrão, tá cheio de zumbi na favela.

— Eu sei, tô ligado, eu não queria esses cracudos aqui na favela. Mas mandaram eu vender crack, não posso fazer nada. Eles chegam a dar nojo, tão sempre magros, sujos. Eu sou contra a venda do crack, mas a ordem veio lá de cima, tenho que vender.

— Não, patrão, você não tá entendendo. São zumbis de verdade, eles estão atacando as pessoas. Matamos uns cinco, eles queriam roubar as cargas da gente. E a favela está cercada. — No fundo, Ferrugem estava com muito medo.

— Eu sei que a favela está cercada, eles vão colocar uma UPP aqui, já tive minha conversa com o pessoal do governo, eles já me pagaram pra sumir daqui. Só que vocês tão viajando, vocês tão rachando a cara no pó e tão de vacilação, acho que não vou levar vocês lá para Campos não, hein.

A frase de Boca de Nike foi cortada pelo chamado do Nextel.

— Fala tu.

— Qual foi, Boca? O bagulho aqui na B7 tá sinistro, tem uns cracudos aqui parecendo uns zumbis. Ali, larga o dedo. — Ao fundo se ouviu uma rajada de fuzil. — Eles tão atacando a gente, patrão.

Mais tiros foram ouvidos. Ele quis falar de novo, tentando saber o que tinha acontecido, mas o rádio ficou mudo. Finalmente Boca de Nike ficou nervoso.

— Caralho, que porra que tá acontecendo nessa favela de merda? Eles falaram que a invasão do Bope e do Exército ia ser na semana que vem. Cercaram minha favela, agora tem zumbi aqui? Porra, não tava a fim de ir pra pista hoje. Mas não tem jeito. Coé, Cocão, vamos ver essa parada. Vocês dois vêm comigo também, pra me mostrar onde estavam esses zumbis filhas da puta. – Boca de Nike pegou a sua pistola prateada, colocou na cintura, levou mais dois pentes que estavam em cima de uma mesa e colocou no bolso de trás da bermuda.

— E eu, Nike, vou ficar fazendo o que aqui? – perguntou a patricinha que estava com ele.

— Me aguarda aí que eu já volto.

Ela fez uma cara de nojo, se jogou no sofá e ficou deitada.

O bonde com Boca de Nike, Ferrugem, Guto e Cocão saiu da casa. Com muito cuidado, eles caminharam pelas ruas. Nike mandou Ferrugem ir fazendo a contenção.

— Onde vocês viram esses zumbis pela primeira vez? – perguntou Nike ainda sem acreditar muito na história.

— Foi lá na rua Quatro, patrão – explicou Guto.

— Então vamos lá na Quatro – ordenou Boca de Nike.

O bonde andava com cuidado, mesmo que não tivesse visto zumbis. Quando o dono da boca tem que sair para a rua ou fazer qualquer tipo de deslocamento, a operação envolve uma logística complexa, que reúne muitas pessoas. Tem que ter o contenção, que é uma espécie de batedor, que vai na frente vendo se a barra está limpa. Os seguranças do patrão têm que ir também – são responsáveis pela segurança particular do dono da boca. Na maior parte das vezes são homens de extrema confiança, não traficam, apenas fazem segurança pessoal, geralmente são ex-militares ou PMs expulsos da corporação. No bonde sempre tem algum soldado, um vapor, um gerente, mais um bando de puxa-sacos de bandido, que estão sempre por perto para ver se sobra alguma raspinha de cocaína ou uma pontinha de maconha.

A caminhada continuava rumo à rua Quatro. Ao ouvirem o som do helicóptero, todos olharam para o céu, mas a aeronave não veio na direção deles. As ruas estavam vazias, parecia um deserto.

– Alguma coisa tá errada sim. Nunca vi as ruas vazias nessa hora. – Boca de Nike estava sentindo alguma coisa estranha no ar. Tirou a pistola da cintura, destravou e ficou com ela na mão.

Ferrugem levou Boca de Nike ao local onde eles tinham encontrado os zumbis. Quando chegaram, os corpos estavam lá, mas os zumbis tinham sumido.

– Foi aqui, patrão. Matamos esses aí e fomos lá para a sua cachanga. Eles devem ter ido para outro lugar, mas tinham muitos zumbis aqui, uns quinze, no mínimo.

Mal Guto acabou de falar, uma mulher cambaleante veio na direção deles, gritando "crack". Boca de Nike apontou para ela.

– Olha aquela mulher, ela tá andando de um jeito muito esquisito.

– É assim que eles estão andando, tem que ver os olhos, parece olhão de sapo-boi – tentou explicar Ferrugem.

Quando a mulher estava a uns vinte metros dele, cerca de vinte zumbis dobraram a esquina da rua Dez com a Quatro.

— Caralho, que porra é aquela? – gritou Cocão, assustado.

— Merda! – gritou Boca de Nike. – Larga o dedo nesses demônios.

Uma chuva de tiros foi na direção dos zumbis. Uns caíram, depois levantaram, e os bandidos deram mais tiros em cima deles, rasgando alguns de cima a baixo. Mas, mesmo só com a metade do corpo, eles ainda se arrastavam. Atiraram até todo mundo ficar sem bala. Acabaram com todos os zumbis.

— É o fim do mundo, chefe, Jesus está voltando. Me perdoa, Senhor! Me perdoa, Senhor! Aleluia, Jesus! Perdoe este pecador, Senhor! Me desculpe por ter trilhado o caminho errado, Senhor, me perdoa.

Cocão se ajoelhou e começou a chorar. Todos ficaram quietos, olhando para ele. "Com esse negócio de Jesus é melhor ficar quieto", pensou Boca de Nike. Cocão tirou a arma da mão, colocou-a de lado. Começou a orar muito rápido, usando palavras ininteligíveis para o ouvido do homem, a famosa língua dos anjos. e permaneceu assim alguns minutos. De repente ficou quieto, se levantou, pegou o fuzil e entregou a Boca de Nike.

— Não preciso mais disso. Jesus me deu uma revelação agora, tenho que voltar pra minha igreja, para impedir que os zumbis ataquem o povo de Deus. Vou orar por todos vocês.

Boca pegou o fuzil. Entregou-o a Guto.

— Vai deixar ele sair agora da boca, patrão? Mata ele – sugeriu Ferrugem.

— Você nunca foi numa igreja, não? Nunca viu ninguém se reconciliando com Deus? Você acha que eu vou lutar contra Deus? Atira você.

Ferrugem ficou pensando.

– Não quero ir para o inferno não.

– Vamos voltar pra onde a gente estava – ordenou Boca de Nike.

Tomando o dobro de cuidado, voltaram para a casa onde Boca ia passar a noite. Na rua puderam ver um ou outro zumbi desgarrado, de que eles fugiam porque estavam sem munição. Quando chegaram ao esconderijo, o portão estava encostado. Boca de Nike foi logo dando esporro em Guto.

– Como que você sai e esquece de fechar o portão?

– Mas eu fechei o portão, Boca.

Boca mandou todo mundo ficar quieto, entraram na casa pé ante pé e logo no quintal se assustaram: o segurança estava morto, com a cabeça debaixo de um tijolo de concreto. Nike voltou a pedir silêncio. Quando entrou na casa, viu que mais dois caras estavam mortos, um com uma mordida no pescoço, outro de bruços, com uma faca cravada nas costas. A patricinha também estava morta, deitada na cama com a vagina cheia de sangue e um travesseiro na cara. Provavelmente os zumbis a estupraram antes de matá-la.

– Caralho, o que esses desgraçados fizeram? Dá meu celular aí. Guto pegou o aparelho, jogou na direção do chefe, que o segurou no ar, discou, colocou no ouvido e depois de alguns segundos olhou para o aparelho.

– Droga, tá sem sinal.

– O que vamos fazer agora, patrão? – Guto estava desesperado.

– Temos que conseguir armas e munição. Vamos ver o que a gente encontra aqui. Vamos revirar tudo pra ver se achamos alguma coisa.

Seguindo a ordem de Nike, Guto e Ferrugem começaram a vasculhar a casa toda, tentando encontrar mais armas ou munição. Se saíssem para a rua de mãos vazias, seriam mortos antes de conseguir deixar a favela. Reviraram tudo. Acharam dinheiro, roupas de grife, relógios. Armas, nenhuma.

— Aqui não tem arma nenhuma, patrão. Temos que ir lá no nosso paiol — disse Guto ao sentar no sofá.

— Com esse negócio de invasão, mandei levar quase todos os fuzis para o Espírito Santo. Só que eu tenho umas armas e munição na casa de uma amiga minha, uma casa abandonada lá na Laminha.

— É muito longe, chefe, vai ser muito difícil chegar lá na mão. Vamos tentar meter o pé da favela — sugeriu Ferrugem.

— Podemos tentar vazar da comunidade, mas já disseram que tá tudo fechado, vamos pegar as armas de qualquer jeito. Vamos logo, que eu não quero estar aqui se esses zumbis voltarem.

Assustados, os três saíram da casa. Na hora certa, porque, pelos fundos, alguns zumbis já estavam entrando.

O NINJA APOSENTADO

Raul estava com cinquenta anos, tinha 1,90m de altura e uma barriga bem grande, de quem já não tinha muita coisa para fazer na vida. Estava com preguiça de ir trabalhar. Era guarda noturno. tinha enchido a cara no aniversário de um amigo. Sem alternativas, levantou, pegou a toalha e a escova de dente. Já ia entrar no banheiro quando ouviu uma explosão. Foi até a janela, olhou ao longe, viu umas luzes coloridas, umas pessoas que pareciam estar dançando.

– Droga, uma rave no meio de semana. Será que esse povo não tem o que fazer? Será que eles não pagam contas? Um dia eu descubro como se faz para não trabalhar e ter dinheiro.

Abriu o chuveiro, entrou debaixo dele ainda com essa ideia na cabeça. Viam televisão na sala a mãe de Raul, sua esposa, Mariana, e Marcele, uma menina de 15 anos com problemas mentais, sua filha. Por causa do barulho do chuveiro, Raul não conseguiu ouvir o que acontecia na sua rua. Foi no momento em que começou a colocar a roupa que ele ouviu o barulho. Foi até a janela novamente e viu zumbis andando pela rua. Eles remexiam as latas de lixo, procurando copinhos de Guaravita para usarem como marica, caso conseguissem alguma pedra. Raul acabou de se vestir e foi até a sala. As mulheres da família estavam assistindo à novela. Raul as interrompeu.

— Está acontecendo alguma coisa aqui onde a gente mora, eu não sei o que é. Hoje eu não vou trabalhar.

Ao ouvir a música do plantão jornalístico, Raul ficou quieto. Uma jovem repórter estava em uma das entradas principais da favela, e uma barricada com muitos policiais impedia que os moradores entrassem.

— Estamos aqui na entrada da Cidade de Deus, onde a polícia montou barreiras para impedir que as pessoas entrem ou saiam da comunidade. Tentamos averiguar com a Secretaria de Segurança Pública o que está acontecendo. Se trata-se de uma guerra entre facções do crime organizado ou se foi antecipada a invasão para a implantação de uma UPP. Mas ainda estamos esperando um pronunciamento oficial da Secretaria de Segurança. A confusão aqui é muito grande. Pedimos que você, morador, nos envie fotos ou vídeos do que está acontecendo. Sabemos que o sinal telefônico foi cortado. Mas pedimos que, quem tiver como mandar alguma informação, tente entrar em contato conosco.

A repórter continuou falando, enquanto Raul foi até o armário, pegou uma máquina fotográfica digital, pendurou no pescoço e depois se virou para a família.

— Vou ver o que está acontecendo. De repente consigo filmar alguma coisa. Já volto. Não abram a porta para ninguém. No máximo em uma hora estou de volta.

— Você não acha melhor ficar aqui, Raul? — A esposa não achava uma boa ideia ficarem ali sem ele.

— Eu já disse que voltarei logo. As pessoas têm o direito de saber o que está acontecendo aqui.

Raul saiu. Mal se afastou cem metros, um grupo de zumbis começou a escalar o muro da sua casa. Com dificuldade para se movimentar, eles demoraram um bom tempo fazendo isso, até que do muro passaram para a janela e quebraram o vidro, para que um puxasse o outro para dentro. Três entraram na casa. Eles começaram revirando os quartos. As mulheres na sala escutavam a barulheira, porém nenhuma delas conseguiu se mexer, petrificadas de medo. Os zumbis foram para a sala, pedindo crack enquanto caminhavam. Pararam de frente para as mulheres e voltaram a procurar. Como não acharam nada, ficaram com umas caras de bestas olhando para elas.

— Nós não temos nada de valor aqui. Mas vocês podem pegar o que quiserem, só não façam mal à gente — pediu a esposa de Raul.

Cada um dos zumbis pegou um pedaço de madeira e bateu nas mulheres. Uma única paulada abriu o crânio da mais velha, mas a esposa de Raul tomou muitas pauladas na cabeça antes de morrer. Por último, atacaram a menina. Arranjaram uma madeira pontuda e enfiaram na barriga dela. Jorrou tanto sangue, que um jato foi até a altura do teto. Os zumbis saíram da casa levando apenas uma televisão e um micro-ondas.

Na rua, Raul estava atrás de um poste filmando a caminhada dos zumbis atrás de crack. Uns acenavam com notas de cinco ou dez reais, outros carregavam nas costas televisões, rádios, aparelhos de DVD, computadores. Caminhavam a ermo, às vezes um batia no outro, caíam. Um deles estava com um copo de Guaravita em uma das mãos, na outra uma pedra de crack. Ele começava a se desesperar porque não tinha um isqueiro para acender a pedra e fumar, e agredia os outros zumbis que passavam por perto. Raul filmava tudo escondido.

Dois traficantes estavam vendendo crack para zumbis, que traziam o que conseguiam nos roubos e colocavam aos pés dos meliantes. Amedrontados com o cerco, os dois jogavam a pedra no chão para os zumbis pegarem.

– Temos que ir embora daqui, Chicão – gritou Lelo.

– Estamos cercados, cara. Quando acabarem as pedras, temos que sair voados daqui e tentar ir pro paiol pegar armas. Temos que fugir desses demônios. – De repente, em um impulso, Chicão pegou toda a carga de crack e jogou longe. Os zumbis foram atrás e começaram a se matar em busca das pedras. Os dois saíram correndo na direção contrária.

Depois de filmar bastante coisa, Raul resolveu voltar, achando que a melhor coisa a fazer seria se esconder em casa, protegendo-se com a família. Tentaria colocar aquele material na internet. Tinha certeza de que iria conseguir, porque em outra ocasião em que a rede da favela havia caído, as pessoas que usavam gatonet conseguiram usar a internet. Assim que abriu o portão e viu algumas plantas quebradas, o varal no chão, teve certeza de que algo tinha acontecido com sua família. Entrou em casa correndo. Ao ver os corpos das mulheres de sua vida ensanguentados no chão, Raul não conseguiu conter um grito de ódio, ódio da vida, dos homens, do sistema político, um ódio que só podia ser amenizado com vingança. Mas antes ele limpou a casa, deu banho e colocou roupas limpas nas três. Por último, deitou cada uma em sua cama.

— Durmam, meus amores.

Depois foi até um armário, pegou um baú antigo que estava em cima e o abriu. Pensou que após a aposentadoria nunca mais precisaria daquelas roupas. Esqueceu também da forma física, achando que nunca mais iria usar suas habilidades de ninja, porém estava enganado, teria que utilizá-las uma última vez. Raul estudou a arte ninja quando morou no Japão e conheceu um mestre numa sessão de anime. Como falava a língua fluentemente, pois a havia aprendido assistindo a desenhos japoneses, o mestre decidiu ensinar a ele e mais quatro estrangeiros. O curso durou dois anos, até o dia em que o mestre foi assassinado pela Yakuza. Raul, um americano, Dimitri, russo, Carlos, espanhol, e um indiano chamado Krishina fizeram um pacto de vingança diante do corpo de seu mestre. Os quatro investigaram, descobriram e mataram os assassinos do mestre. Depois disso, decidiu nunca mais usar a arte ninja para matar ninguém. Promessa que quebraria agora, depois da morte de sua família. Pegou a Shikomizue, a foice ninja, a Kusarigama e o máximo de estrelas que conseguiu colocar nos bolsos. Pegou também o mp3 com suas músicas bregas prediletas. Antes de ir para a rua, conferiu se a gatonet estava funcionando e enviou as imagens que fez para o telejornal.

O SECRETÁRIO DE SEGURANÇA PÚBLICA

Apesar de o ar-condicionado estar ligado no máximo, o secretário Rômulo suava.
— Que porra está acontecendo nessa favela?
Na sala estava a cúpula da segurança pública do estado. O chefe da Polícia Militar, o vice-governador, todos os coronéis da PM, o assessor de imprensa da polícia.
— Senhores, estão dizendo que tem zumbis dentro daquela favela. — O assessor de imprensa estava repassando os boatos que ouvira.
— Zumbi é o caralho! E aquele monte de telefones que temos grampeados, de um monte de bandido, do comando, do terceiro, do caralho a quatro? Ninguém ouviu nada sobre o que está acontecendo? Daqui a pouco vem um e vai me dizer que é vampiro, Jason, Fredie Kruegger. O governador quer atochar no meu cu. Se ele me foder, eu vou foder vocês todos, hein, eu não vou cair sozinho. Quero que cada um recorra aos seus contatos, aos seus comandados, e daqui a uma hora quero todo mundo aqui nessa sala, vou querer saber o que está acontecendo naquela favela. A

ordem continua, ninguém entra e ninguém sai de lá, podem usar a força.

— Sim, senhor — concordou o subsecretário de Segurança.

Todos saíram da sala. O secretário Rômulo estava nervoso. Precisava dar uma relaxada. Pegou o fone, estava precisando dos serviços de dona Rafaela.

— Dona Rafaela, venha aqui, estou precisando dos seus serviços especiais. A senhora pode vir aqui agora?

— Posso sim — respondeu a secretária.

Ela entrou na sala. Era uma loira linda, com uma bunda imensa e peitos grandes. Uma mulher de parar o trânsito.

— Quer dizer que meu amorzinho está estressado?

— Demais mesmo, Rafaela. Faz eu relaxar um pouquinho, senão vou acabar tendo um ataque cardíaco.

Rafaela se aproximou, empurrou a cadeira para trás, abriu o zíper da calça dele e começou a chupar o pau do secretário, que gemia, chegando a virar os olhos.

— Só a senhora mesmo — conseguiu dizer entre os gemidos.

O CASAL

M arcos estava deitado quando a pedra acertou a janela. Levantou-se e mandou Bebel subir. Ela subiu, indo direto para o quarto dele.

— Cadê seus pais? – perguntou Bebel.

— Não se preocupe, eles foram visitar uma tia minha e só voltam no sábado. Se você quiser pode dormir aqui hoje.

— Tá maluco. Meu pai tá pensando que eu estou na escola. Por que você acha que vim de roupa de escola e de mochila? Se souber que eu não fui, ele me mata.

— Teus pais também arrumam problema com tudo. Eu tenho um filmezinho aqui pra gente ver, a gente assiste juntinhos, depois a gente namora um pouco ou podemos fazer mais do que namorar.

— Já te disse que só quando eu estiver preparada.

— Beleza, eu respeito sua opção, só acho que estamos perdendo tempo. Afinal de contas somos jovens, saudáveis e podemos nos divertir sem remorsos.

— Eu conheço vocês homens.

— Você conhece outros homens, agora eu sou um cara respeitador, por isso que eu não forço a barra com você.

— Poxa, imagine se você forçasse a barra, então.

Ela sentou do lado dele, os dois se beijaram, Marcos tentou colocar a mão nos seios dela, tomou um tapa na mão, tentou colocar a mão por dentro das calças dela, tomou outro tapa.

— Olha essas mãos bobas. — Os dois sorriram.

— Você é muito linda, Bebel. Não sei quanto tempo mais vou aguentar sem poder te amar, como você merece ser amada.

— Na hora certa você vai conseguir o que quer. Vamos ver o filme? — Marcos sentou na cama e respirou fundo.

— Fazer o quê!

— Trouxe o filme que eu te pedi?

— Trouxe sim, amor. Você não queria *O náufrago*?

— Queria. Eu adoro o Tom Hanks. Depois vamos ver *Forrest Gump*?

— Esse eu já vi mil vezes. Pode deixar que eu trago pra você assim mesmo.

O casal de namorados ficou deitado na cama assistindo ao filme. Do lado de fora, na favela, o bicho pegava.

INÍCIO DA FUGA

Ferrugem foi o escolhido para fazer a contenção. Quando o grupo saiu do esconderijo de Boca, não havia ninguém nas ruas, nem moradores, nem policiais, nem zumbis. Nem mototáxi estava passando, o que era muito preocupante mesmo. Quando eles paravam de rodar, significava que a situação era mais que complicada. As ruas estavam desertas. Mas eles sabiam que os moradores estavam observando pelas janelas. Estavam assustados, querendo proteger suas casas, seus familiares, rezando pelos que ainda não haviam chegado, para que Deus os protegesse. Havia também as pessoas que filmavam qualquer coisa para colocar no YouTube. Teriam que percorrer uma distância de 1.500 metros. Numa situação normal essa distância seria vencida em cinco minutos, mas devido às circunstâncias, sabe-se lá quanto tempo isso poderia demorar.

– Tá tranquilo – gritou Ferrugem.

Boca de Nike e Guto seguiam atrás dele. De repente, ao longe, Ferrugem viu um vulto se aproximando.

— Vem alguém correndo na nossa direção. Não dá pra ver se é zumbi, não.

A pessoa corria muito. Quando ficou a cerca de vinte metros de Ferrugem, ele a reconheceu. Era Grafite, um vapor que havia estudado na mesma escola que ele.

— Qual foi, Grafite? Sou eu, o Ferrugem. O que foi, cara?

— Temos que fugir daqui, mano, tá cheio de zumbi na favela. Eu vi. Eles mataram o Catoco, o Vinil, Besterinha, mataram geral pra roubar crack. Eles fumam crack e viram zumbi.

Boca de Nike e Guto chegaram até os dois.

— Tem certeza que é o crack que tá transformando eles em zumbis? — perguntou Boca de Nike.

— Tenho sim, eu vi. Uma mulher pegou uma pedra, fumou perto de mim e, em menos de três minutos ela caiu, ficou virando os olhos. A gente pensou que ela tinha morrido e o Besterinha se aproximou pra ver se ela estava respirando. Aí ela mordeu a jugular dele, que sangrou até morrer. Demos um monte de tiros nela, só que vieram mais de vinte zumbis. Atiramos em geral. Quando a bala acabou, tinham uns vivos ainda. Teve gente que ficou com tanto medo que não conseguiu nem sair do lugar. Aí os zumbis mataram e pegaram as pedras. Eu joguei um monte de pedra na direção deles e consegui ralar peito. Vocês estão indo pra onde?

— Vamos pegar umas armas e munições pra tentar sair da favela — explicou Boca De Nike.

— Posso ir com vocês?

— Pode sim. — Boca conhecia a mãe de Grafite, não podia deixar que os zumbis matassem o moleque.

Ferrugem continuou com sua caminhada – correu cerca de cinquenta metros, a distância que separava uma esquina da outra. Parou atrás de um poste e ficou petrificado com o que viu. Os zumbis estavam perto de uma lixeira em que o lixo estava pegando fogo. Para quem não sabe, em favelas existem muitos piromaníacos; eles não podem ver um lixo junto que logo colocam fogo. Os zumbis estavam colocando madeira em cima do fogo. Como tinham bastante problema motor, o simples ato de colocar algo em algum lugar era uma tarefa difícil. Depois de um tempo o fogo se firmou, os zumbis se aproximaram com seus copinhos de Guaravita, latinhas, qualquer coisa que servisse como marica. Colocavam fogo na pedra para aspirarem a fumaça. Depois que inalavam a toxina que subia, eles ficavam parados, parecendo estar brincando de estátua. Depois caíam para trás, debatiam-se e por fim ficavam quietos, como se estivessem dormindo. Ferrugem voltou para junto de Nike.

– Tem uns vinte zumbis ali na esquina do lixão, eles fizeram um fogo e estão acendendo várias pedras pra fumar. Tenho certeza que se a gente passar voado, eles nem vão notar a gente. Não tem jeito, temos que passar por ali. É o único caminho. Eu vou primeiro, esperem uns dez segundos, que é pra dar tempo de chegar na esquina depois do lixão, ainda não sei como tá a situação lá.

– Então no três você vai, a gente vai depois que eu zerar, hein? Um, dois, três, vai. Dez, nove, oito, sete, seis, cinco, quatro, três, dois, um. Vamos.

Boca de Nike, Guto e Grafite começaram a correr. Nike saiu na frente, mas, por ser mais velho, foi logo ultrapassado pelos dois parceiros. Enquanto corria viu os zumbis se drogando. um deles, na tentativa de acender a pedra, tacou fogo na própria mão, mas parecia não sentir nada, porque quando viu a fumaça subindo da marica, aspirou ela toda, entrando em transe quase automaticamente. Nike olhou para a outra esquina. Ferrugem estava atrás de um carro, fazendo um gesto para avisar que ali estava tranquilo. Nike, quase já sem fôlego, foi o último a chegar.

– Tá tranquilo, chefe. Vamos seguindo – chamou Ferrugem.

Boca de Nike estava sem fôlego. Tentou falar, mas não conseguia, fazia tempo que não corria da polícia, nem de ninguém. Era bem mais fácil pagar o arrego.

– Dois minutos – pediu Boca de Nike.

Nike recuperou o fôlego. Pôde então prestar atenção ao lugar onde eles estavam. Apontou para uma vila que ficava na quadra logo atrás.

– Ali atrás não fica a Rua do Sacolão?

– Fica sim – respondeu Grafite.

– Me disseram que todas as saídas estavam fechadas, só que eu ainda não acredito. Sou igual a São Tomé, tenho que ver pra crer. De repente lá não tem nada fechado e podemos meter o pé por ali mesmo. De repente, pode ser. Então vamos dar uma corrida até lá? – perguntou Guto, olhando para Nike.

– Vamos nessa, Ferrugem – ordenou Nike.

Nike deixou Ferrugem se distanciar cerca de cinco metros, chamou os outros e foram atrás. Tinha um ou outro zumbi na rua seguinte, mas isso não os preocupou. Rapidamente chegaram em frente ao Sacolão. Ferrugem chegou primeiro e ficou esperando os outros.

— E aí, será que dá pra gente sair por aqui? – perguntou Boca de Nike.

Ferrugem fez um sinal negativo com a cabeça. Nike foi até o fim do muro para dar uma olhada. Dois carros da polícia fechavam a rua, a iluminação era bem forte, os policiais faziam uma barreira, ninguém podia entrar. Havia alguns corpos caídos na frente dos carros da polícia. Nike não teve como saber se eram de zumbis ou de pessoas que tentaram sair e foram mortas. Ele é que não iria pagar pra ver. Teve então a certeza de que só conseguiria sair da favela se estivesse armado. De boa não ia conseguir nada. Teria que ser na força.

PRIMEIRAS IMAGENS

O casal de namorados havia pegado no sono. Bebel despertou e olhou as horas.
— Caramba! Acorda, Marcos!
Marcos acordou assustado.
— O que foi, Bebel?
— Cadê o controle remoto? Está na hora da minha novela. Hoje vai ter uma briga no altar.
— Tá por aí o controle. — Marcos virou as costas para dormir novamente. Bebel o puxou pelo colarinho.
— Se eu perder o início da novela eu te mato.
Querendo voltar a dormir, Marcos levantou, abriu uma gaveta, desligou o DVD, ligou a televisão e jogou o controle para ela pegar.
— Pronto, vê sua novela aí. Como não vai rolar nada mesmo, vou dormir.
— Depois da novela tenho que ir embora, hein.
— Vê a novela aí em paz, depois te levo em casa de moto.
Pouco antes de a novela começar, entrou o plantão jornalístico. O âncora abriu a transmissão.

— A situação está crítica na Cidade de Deus. Segundo apuramos, zumbis tomaram conta da favela. A Secretaria de Segurança não confirma. Mas já recebemos algumas imagens que moradores postaram na internet.

Uma imagem não muito nítida mostrava um grupo de cinco zumbis caminhando tropegamente, levando alguma coisa nas costas. Em outra, apareciam dois zumbis brigando. Uma terceira imagem mostrou uma rua cheia de supostos zumbis, onde eles brigavam entre si, quebravam carros, viravam lixo. A última imagem mostrou um mototáxi passando a toda velocidade pelo meio de um monte de zumbis. O motociclista caiu no momento em que atropelou um zumbi, e no chão foi atacado pelos outros, que o chutaram e deram pauladas. Por fim, um zumbi levantou uma pedra e acertou a cabeça do homem.

— Como vocês podem ver, as imagens são muito fortes. O Twitter de um jornal de dentro da comunidade já havia registrado estranhos acontecimentos. Segundo ele, esse grupo de zumbis chegou à favela hoje em busca de crack, que poucas comunidades estão vendendo, e que pode ser encontrado na Cidade de Deus. No entanto, o crack vendido na comunidade não se trata de uma droga normal. Segundo diversos relatos, as pessoas que o estão usando tornam-se algo como zumbis. Até o momento, ninguém sabe exatamente que tipo de crack é esse. Não se tem notícias de acontecimentos desse tipo em nenhum outro lugar do Brasil. Na parte inferior da tela você vê a hashtag do Twitter que está passando as informações. Nosso repórter está na sede da Secretaria de Segurança, com o secretário Rômulo. Vamos para lá ao vivo.

— Secretário, existem zumbis na Cidade de Deus?
— Não! Posso assegurar a vocês que não existe nenhum zumbi nessa comunidade. Não existe zumbi em comunidade nenhuma. Porque zumbis não existem, é coisa de filme de terror. Eles estão usando alguma droga desconhecida que faz esse efeito. Pois essa droga ataca o sistema nervoso. Pessoas com os mesmos sintomas foram encontradas em uma festa rave em Saquarema.
— E como está a situação nessa comunidade?
— Posso assegurar que está tudo sob controle. Não estamos deixando ninguém entrar nem sair da comunidade, para que esses usuários de droga não causem transtornos em outras partes da cidade.
— Há informações de que a PM está matando pessoas que querem sair da comunidade.
— Essa notícia é falsa. A PM está aqui para proteger os cidadãos, e não para matá-los.
— Secretário! Secretário!
O secretário voltou para sua sala sem falar mais nada. Começou a dar esporro tão logo fechou a porta.
— Porra! Eu não mandei cortar a comunicação dessa favela com o mundo? Como que eles conseguiram colocar imagens na internet e acessar o Twitter?
— Eles têm uma gatonet via satélite, outra via rádio. Já estamos tentando descobrir como eles fazem isso. Para tirar do ar.
— Você quer me dizer que uns favelados de merda dominam uma tecnologia que nós não sabemos bloquear?
— Sim, senhor! — respondeu o assessor, visivelmente envergonhado.

— Então vai tomar no cu você e toda a sua equipe de incompetentes. Quando essa porra acabar, vou trocar vocês que fizeram faculdade nos Estados Unidos por um monte de favelados. – O secretário voltou para o gabinete. Mas antes ameaçou todo mundo. – Se colocarem no meu cu, vou colocar no cu de vocês também.

Bebel levantou da cama assustada.

— O que é isso, Marcos? O que está acontecendo aqui na nossa comunidade?

— Não sei, Bebel. Nunca vi isso antes por aqui.

— Eu tenho que ir pra casa, meu pai daqui a pouco vai começar a ficar preocupado comigo. Já pensou se ele descobre que eu estou aqui? Me leva logo, Marcos.

— Você viu as imagens, pode ser perigoso. É melhor a gente ficar aqui, vendo televisão. Quando o noticiário mostrar que a situação está mudada eu te levo pra casa.

— Não! Tenho que ir pra casa agora. Se você não me levar, eu vou sozinha. – Bebel estava começando a entrar em pânico.

Marcos sabia que ela era capaz mesmo de fazer isso. Levantou da cama, foi até a janela, olhou para um lado, para o outro, não viu nada que lhe chamasse a atenção. Se ele conseguisse ver o que estava acontecendo na rua de trás, com certeza não iria sair de casa.

Lelo e Chicão estavam na rua Quinze. Ficaram encurralados no meio de dois grupos de zumbis, cada lado devia ter dez ou doze deles. Os zumbis não partiam para cima. Estavam mais preocupados em conseguir uma maneira de acender as pedras que tinham em uma das mãos. Na outra eles sempre levavam um copo usado de Guaravita ou uma latinha amassada. Eles só se mexiam quando Chicão ou Lelo tentavam sair de onde estavam. Essa situação já durava uns sete minutos.

— Como é que a gente vai sair daqui, Lelo?

— Sei lá, cara, só sei que eu não quero morrer, nem virar um zumbi. Temos que sair daqui, cara.

Chicão tentou sair correndo, mas alguns zumbis o impediram. De repente Chicão sorriu, meteu a mão no bolso, tirou um isqueiro de dentro. Mostrou para Lelo, que deu de ombros sem entender o plano do parceiro.

— Até parece que você vai matar um deles jogando esse isqueiro.

— Me segue que a gente vai sair daqui agora.

Chicão saiu de trás do poste e se colocou no meio dos dois grupos de zumbis.

— Vocês querem fogo, seus filhos da puta?

Chicão acendeu o isqueiro e deu uma girada de 360 graus, para que os dois grupos pudessem ver. Ao notarem o que era, os zumbis começaram a ir na direção deles. Lelo começou a gritar.

— Vamos embora daqui, Chicão, eles vão pegar a gente.

— Cala a boca, caralho. Quando eu começar a correr você corre também, vamos para o fim da rua, lá perto daquele carro abandonado.

— Vocês querem fogo? Então vão buscar.

Chicão jogou o isqueiro o mais longe que pôde. Todos os zumbis foram atrás, esquecendo de suas quase vítimas.

— Vamos, mano!

Os dois correram como nunca haviam corrido antes em suas vidas. Chegaram à esquina tão rápido que, se tivessem cronometrado, com certeza seria recorde mundial.

– Caralho, Chicão! Tu salvou nossas vidas, cara.

– Então tu tá me devendo uma, hein. Me dá seu play 3 que a dívida morre – brincou Chicão.

– Já é teu.

Algumas ruas mais para frente o ninja começou a sua vingança. Ele caminhava lentamente pelo meio da rua. Em seu mp3, tocava uma de suas músicas preferidas, um grande sucesso dos anos setenta, de Odair José.

"Eu vou tirar você desse lugar. Eu vou levar você pra ficar comigo.

E não interessa o que os outros vão pensar. Eu vou tirar você desse lugar.

Eu vou levar você pra ficar comigo. E não interessa o que os outros vão pensar."

Raul parou, em sua direção vinham quinze zumbis. Eles estavam desorientados, alguns carregavam objetos, como rádios, aparelhos de DVD, ferros de passar roupa e ventiladores. Raul tirou a espada ninja da bainha e foi na direção deles. Do primeiro zumbi, ele cortou a cabeça com um único golpe, do segundo ele cortou a perna. Quando o pobre diabo caiu, teve a cabeça cortada. O terceiro quase teve seu corpo cortado da cabeça até a cintura, em duas bandas. O quarto foi dividido em dois, para depois ter a cabeça cortada. O quinto tomou cinco golpes em menos de um segundo e meio: um arrancou um braço, depois o outro braço, uma perna, depois a outra perna voou longe, e por último ele perdeu a cabeça. O sexto tomou um golpe seco que lhe partiu a cabeça em duas; o sétimo levou um golpe no pescoço, a cabeça ficou pendurada para trás, segura por um pedaço de pele. O oitavo e o nono foram decapitados com um único golpe, o décimo teve sua barriga perfurada e rasgada até a altura do ombro direito, o décimo primeiro foi partido ao meio, o décimo segundo perdeu a cabeça com um golpe. O décimo terceiro acertou um soco em Raul, destruindo sua filmadora. Raul olhou para ele e cortou-lhe em diagonal do ombro direito até a ultima costela à esquerda. A música parou, e os dois últimos tiveram a cabeça cortada com golpes rápidos. Raul olhou para trás, numa distância de trinta metros havia uma fileira de corpos decapitados, de membros decepados e quinze cadáveres de zumbis. Depois da música de Odair José terminar, Raul começou a ouvir Fernando Mendes.

AUMENTA O BONDE

Marcos ficava andando de um lado para o outro no quarto, o que estava irritando Bebel.

— Caralho, Marcos, para de andar de um lado pro outro. Você tem que me levar pra casa.

— Calma, Bebel, estou esperando pra ver se vai aparecer mais alguma coisa na televisão.

— Caraca, faz mais de meia hora que não entra nada.

Quando ela acabou de falar, entrou a música anunciando o plantão jornalístico. A mesma repórter apareceu em cena.

— Continuamos aqui na entrada da Cidade de Deus, as pessoas são impedidas de entrar e sair. Aqui ao meu lado está o mediador de conflitos do AfroRap, Marcelo Júnior, que não está satisfeito com o tratamento que a Polícia Militar está dispensando tanto aos moradores como às vítimas infectadas dentro da comunidade.

A repórter se aproximou de Marcelo e colocou o microfone na direção dele.

— O que a polícia, seguindo ordens do secretário de Segurança, está fazendo aqui é inadmissível e inconstitucional. Onde já se viu impedir morador de entrar e sair de sua comunidade? Isso não pode acontecer, esse homem tem que ser exonerado. Outro grande equívoco é chamar essas pessoas infectadas de zumbis. Zumbi é aquele negócio da macumba lá do Taiti ou Haiti, sei lá, e dos filmes de terror. Essas pessoas estão doentes, eu duvido que elas ataquem alguém. Algo parecido aconteceu na Colômbia, numa favela chamada Comuna 13. O que o governo fez? Recolheram todos os infectados, deram tratamento e mais de quarenta por cento deles foram reintegrados à sociedade. É disso que essas vítimas precisam.

Um zumbi conseguiu atravessar o cerco policial durante a entrevista e, ao ouvir os gritos das pessoas pedindo para que a polícia não matasse o pobre coitado, o câmera começou a filmá-lo. Ele estava desorientado pelo tumulto. Marcelo começou a gritar.

— Não atirem, ele é uma vítima. Me levem até a grade.

Um policial conduziu Marcelo até próximo à cerca. A repórter começou a narrar o que estava acontecendo.

— Gente, o que estamos vendo aqui é indescritível. Esse zumbi, essa pessoa infectada, está aqui de frente para nós, ele tem um olhar perdido. Uma dor nos olhos. Marcelo está tentando ajudá-lo de alguma maneira. Marcelo ficou bem perto do zumbi. A câmera o acompanhou. Dava para ouvir o que Marcelo falava, pois ele estava usando um microfone de lapela.

— Eu sei que você está perdido. Não tenha medo, você é vítima desse sistema opressor. Não tenha medo.

Prometo que nada de ruim irá lhe acontecer. Te dou minha palavra.

O zumbi encarou Marcelo, que levantou a mão. O zumbi também estendeu a mão. A essa altura, o povo, os policiais, os repórteres, todos estavam paralisados, emocionados com o acontecimento inesperado.

— Abram a grade para ele passar e preparem uma ambulância — ordenou Marcelo.

Um dos policiais abriu a grade e o zumbi passou, indo na direção de Marcelo.

— Venha, meu filho. Eu vou te proteger.

Marcelo abriu os braços, e o zumbi se aproximou. Mordeu Marcelo na garganta, bem na veia. O sangue jorrou longe. Todos começaram a gritar. Os policiais descarregaram seus fuzis.

— Meu Deus, testemunhamos uma tragédia. Um desses monstros matou o Marcelo.

Os policiais tentavam impedir que filmassem o local, e uma confusão começou. Os policiais atiraram bombas de gás na direção das pessoas. O cinegrafista começou a correr.

— Vamos, Zé Pedro, temos que sair daqui — gritava a repórter, chamando seu cinegrafista.

O jornal voltou para o estúdio. O âncora não conseguiu dizer uma palavra.

Bebel começou a gritar desesperadamente. Marcos correu na direção dela para impedir que gritasse.

— Tá maluca? Para de gritar. Vai alarmar os vizinhos. Já pensou se esses bichos entram aqui?

Bebel se acalmou. Marcos tirou a mão da boca dela.

— Depois do que eu vi aí na televisão, quero ir pra casa. Quero ficar com minha mãe, meu pai e meus irmãos. Tenho que ajudar meus pais a proteger os menores.

— Eu sei. Vamos de moto, sim. Antes da gente sair, deixa eu dar uma olhada na rua.

— Vai lá, mas não demora.

— Pode deixar que eu vou te levar em casa.

Antes de sair para a rua Marcos deu uma olhada por cima do muro. Não viu nada demais, abriu o portão e saiu. Ele foi até uma esquina e também não viu nada lá. Foi até a outra, também não viu nada. Voltou para o quintal, tirou a moto e a colocou na calçada. Subiu para chamar Bebel.

— Fui lá na rua, não vi nada. Vamos que a moto esta lá na rua esperando.

Marcos trancou o portão. Ligou a moto e esperou Bebel subir para arrancar. Ele correu o máximo que pôde, e ao dobrar uma esquina quase atropelou duas pessoas que passaram correndo na frente da moto. Com o susto, perdeu o equilíbrio, a moto ficou desgovernada e acabou batendo em um poste. Os dois caíram da moto, mas não se machucaram. Eles quase atropelaram Chicão e Lelo. Os dois foram ver se eles estavam bem.

— E aí, mano, se machucou? — perguntou Chicão.

— Quase que atropelo vocês dois.

— A gente tá querendo se esconder — justificou Chicão.

— Você tá legal, Bebel?

— Tô bem — respondeu ela, levantando-se.

Marcos olhou para a moto. O pneu da frente quase virou um oito.

— Droga. Temos que voltar pra casa. Com esse pneu assim, não dá para andar. Temos que voltar pra casa.

Lelo deu o alarme. Mais de vinte zumbis vinham na direção dele.

— Vamos sair daqui — chamou Chicão.

— Vamos pra onde? — perguntou Marcos, correndo.

— Estamos indo para uma casa onde a boca tem várias armas e munições guardadas. Temos que sair dessa comunidade a bala — tentou explicar Chicão.

— Mas eu não sou bandido, não sei dar tiro.

— Pra você se salvar vai ter que aprender — concluiu Lelo. Marcos olhou para Bebel. Ela corria, chorando, apavorada.

— Vamos com eles, Bebel!

Bebel refugou, estava com medo de correr junto com os traficantes. Mas ao olhar para trás e ver os zumbis vindo na direção deles, começou a correr.

Mais uma vez o secretário de Segurança reuniu toda a sua cúpula.

— Só quero saber como aquela equipe de televisão conseguiu filmar aquele zumbi e a morte daquele militante dos direitos humanos! Da morte dele não estou reclamando, foi bem feito, agora ele vai encher o saco do capeta, lá no quinto do inferno. Já sobre a filmagem, quem vai me explicar?

— Secretário, esse acontecimento foi um fato isolado — tentou explicar um dos membros da cúpula da Segurança do Rio de Janeiro.

— Quer dizer que o senhor acha que foi um fato isolado?

Rômulo pegou um controle remoto e apontou para uma televisão imensa, que estava colada à parede. Ele começou a zapear: a CNN estava mostrando as imagens do zumbi, a Fox News mostrava a mesma coisa, e a mesma imagem aparecia na Bloomberg, na CNN Espanhol, BBC, Canal +, RAI.

— O senhor ainda acha que foi um fato isolado?

— Visto por esse ângulo, não. — O homem sentou-se, achou melhor ficar calado.

— Eu quero que alguém ligue para o secretario de Saúde, quero que ele invente alguma desculpa. E digam para ele não usar a palavra "zumbi" de jeito nenhum.

A secretária anotou a ordem em uma agenda.

— Agora, dona Rafaela — ordenou o secretário, quase gritando. — Temos que acabar com isso hoje, vamos acabar com esses bichos, quero todos os caveirões e helicópteros a postos. Vamos traçar algum tipo de plano e matar o máximo de bichos que a gente puder, deixando o menor número possível de vítimas. Quando a gente for invadir, eu quero que aconteça um apagão na zona oeste. Depois arranjem um culpado para a falta de energia. Digam que foi a Light, fogo nas linhas de transmissões, roubo de fio. Inventem qualquer porra. É o único jeito da gente matar todos esses bichos, sumir com os corpos e colocar alguns cracudos normais, para dizer que curamos ele.

— O senhor acha que essa é a melhor opção?

— Alguém tem uma ideia melhor? — perguntou o secretário.

Como ninguém disse nada, o jovem assistente recolheu-se à própria insignificância.

— Agilizem isso, então.

O ninja viu um grupo de zumbis tentando invadir uma casa. Ele se aproximou e subiu no muro. Equilibrando-se como um gato, cortou as mãos de uns cinco zumbis, fazendo com que eles caíssem no chão. Um outro zumbi puxou Raul pelo pé, fazendo com que ele caísse no chão e perdesse quase todas as suas estrelinhas. Mesmo caído, no entanto, Raul pegou algumas, jogou na direção dos monstros e acertou vários deles. Enquanto os zumbis tentavam tirar as estrelas de seus corpos, Raul se levantou e matou os três que haviam sobrado com golpes de sua espada. Da janela, uma criança que observava tudo deu um tchauzinho para Raul, que respondeu com um sinal de positivo e continuou seguindo seu caminho, matando todos os zumbis que apareciam em sua frente. Matando, ouvindo música brega e deixando atrás de si um rastro nefasto.

Ferrugem voltou para perto de Boca de Nike.

— A partir de agora vamos evitar andar próximo às entradas da favela. — Boca não conseguiu terminar a sua frase, pois foi interrompido por Grafite, que apontou para uma rua atrás de onde eles se encontravam. Um grupo de vinte zumbis vinha na direção deles. Se eles fossem para a rua da frente correndo, com certeza iriam ser mortos pelos policiais, que não estavam deixando ninguém entrar, nem sair. Se fossem para a rua de trás, iriam bater de frente com os zumbis. Boca mandou todo mundo ir na direção de uma casa e pular o muro. Os quatro pularam o muro o mais rápido que puderam, indo para a laje da casa. Uma árvore no quintal facilitou a subida deles. Do alto da laje eles puderam ver os zumbis chegando ao local onde estiveram segundos antes. De repente os zumbis começaram a cair no chão como se tivessem sido atingidos por balas invisíveis. Eles caíam, sangue jorrava, cabeças explodiam. Não estavam entendendo nada. Descobriram o que estava acontecendo apenas quando ouviram o som do helicóptero do Bope. O policial que estava na janela usava um silenciador para matar os zumbis. O massacre acabou em alguns segundos. Da mesma maneira que chegou, o Águia da polícia desapareceu. Nike e os outros que estavam na laje sabiam que não não tinham morrido porque os policiais não os viram. Eles estavam escondidos sob as folhas da árvore. Os quatro desceram da laje e voltaram para a rua. No exato momento em que Nike pulou do muro, a favela ficou sem luz.

— Fica todo mundo onde está. Assim que nossos olhos se acostumarem com a escuridão iremos enxergar melhor — explicou Nike.

Como era uma noite bem clara, não ficou tão difícil de enxergar.

— Nunca vi os caras do Bope com silenciador. — Guto estava curioso e amedrontado.

— Eles não querem que ninguém saiba o que está acontecendo aqui. Temos que ir mais rápido, chegar lá na casa, ver o que vamos conseguir. Vamos! Vamos! — chamou Boca de Nike.

Assim que a energia caiu, deixando a comunidade às escuras, Bebel deu um grito tão forte que assustou quem estava perto dela.

— Caralho, garota! Quer me matar de susto? — reclamou Chicão.

Bebel continuava gritando apavorada. Marcos teve que tapar a boca dela.

— Calma, Bebel, calma. Eu estou aqui do seu lado. Vai ficar tudo bem. Respira fundo. Vou tirar a mão da sua boca e você não vai mais gritar. Certo?

Ela anuiu com a cabeça. Devagar, Marcos tirou a mão de sua boca.

— Pronto. Vamos continuar nossa caminhada. Falta muito ainda?

— Um pouco — respondeu Lelo.

Para o ninja, claro, a escuridão não era um problema. Raul sentiu uma presença em suas costas, abaixou-se, a pedra atirada pelo zumbi passou a centímetros da cabeça dele. Com um golpe ele cortou as duas pernas do zumbi e depois a cabeça.

O secretário Rômulo estava mijando. Um assessor entrou no banheiro para dar as últimas notícias.

— A luz da favela já foi cortada, está tudo escuro. E o comentarista de segurança do jornal vai falar daqui a pouco.

— Filha da puta, eu ensinei tudo que aquele corno sabe e agora ele vai me foder com a opinião pública.

No cenário do telejornal, uma televisão enorme mostrava o zumbi caminhando na direção de Marcelo, com a imagem congelando em seguida.

— Bom, vamos congelar a imagem nesse ponto, pois daí em diante o que acontece com nosso amigo Marcelo é horrível. Aqui do meu lado está o comentarista de segurança do jornal, que esteve na comunidade e viu o que está acontecendo por lá. Explica pra gente que situação é essa, Ronaldo Petters. Como você vê tudo isso que está acontecendo lá na Cidade de Deus?

Ronaldo se aproximou do âncora. Como de costume, ele está vestido de preto.

— Simplesmente vejo o caos da segurança pública em nosso estado. Drogas já causaram efeitos semelhantes em algumas partes do mundo, sei de um evento parecido em Brasília, outro na África do Sul. Sempre em pontos do planeta de muita densidade demográfica e consumo grande de drogas, precisamente o crack.

— O que as autoridades devem fazer em relação às pessoas que estão contaminadas?

— O que já deveria ter sido feito um bom tempo atrás. Elas teriam que ser recolhidas das ruas, depois levadas aos centros de recuperação.

— E por que isso aconteceu em um ponto isolado, não em várias comunidades?

— Devido ao fato de os próprios traficantes terem proibido a venda de crack. O produto não está disponível em todas as comunidades, os próprios bandidos viram a periculosidade do crack. Detalhe: notaram isso antes do governo. O usuário se vicia muito rápido, tem que roubar para manter o vício, só que o crack mata rápido. O traficante não quer que seu freguês viva pouco. Quanto mais ele viver, mais droga vai comprar. Com o crack, isso não acontece. Além disso, com muitas pessoas roubando na comunidade, a polícia faz mais incursões nessas áreas.

Para o bandido, essas interrupções na venda atrapalham. Outra coisa é a baixa rentabilidade do crack. A pedra é muito barata.

— Como esse crack contaminado chegou nessa favela?

— Amigos que eu tenho na P2 me explicaram. Pasmem! Mas quem vendeu essa carga contaminada foi a própria polícia. Esse crack foi apreendido e depois parte dele foi revendida a traficantes por policiais. Mas o caso já está sendo investigado pela corregedoria. Inclusive, já existem dois suspeitos. Em breve esse caso será elucidado.

— E a morte do seu amigo Marcelo?

— Infelizmente, ele foi imprudente. Ninguém sabia a que grau de violência poderia chegar uma pessoa nesse estado, influenciada por uma droga ainda não identificada corretamente. É uma enorme pena essa perda, era um batalhador dos direitos humanos.

A câmera fechou no âncora.

— Acabamos de receber a notícia de que a Cidade de Deus está às escuras. Estamos editando novas imagens que recebemos dos nossos espectadores, mas estamos com um pouco de dificuldade porque as imagens são de baixíssima qualidade. Enquanto não temos essas imagens, vamos mostrar um pequeno clipe em homenagem a Marcelo. Vamos ver?

O grupo liderado por Boca de Nike estava andando com mais cuidado ainda. Depois de ver a atuação dos policiais no helicóptero, ele sabia que coisas piores poderiam acontecer. Se batessem de frente com esses policiais, mesmo desarmados, todos seriam mortos. Tinham que chegar à casa onde as armas estavam o mais rápido possível. Armados, talvez tivessem alguma chance de conseguir sair da favela. Depois ele veria o que fazer da vida.

Ferrugem parou em uma esquina, chamou Boca de Nike.

— O que foi? — perguntou Boca.

— Olha ali na frente, depois daquele poste, tem umas pessoas vindo na nossa direção. — Ferrugem apontou. — Será que são zumbis?

Nike forçou a visão. As pessoas que se esgueiravam não pareciam zumbis, não andavam como se estivessem bêbadas.

— Será que são do Bope? — quis saber Guto.

— Não são do Bope, não estou vendo as armas deles — explicou Nike.

Os quatro vultos vinham na direção do grupo de Nike. Ele mandou cada um conseguir o que estivesse à mão para usar como arma. Nike pegou um pedaço de madeira, Guto já tinha na mão um pedaço de ferro, Ferrugem pegou uma pedra. Grafite estava com um gargalo de garrafa na mão. Ficaram esperando. Se fossem vistos, teriam algo com que se defender. Quando o grupo estava a cerca de dez metros deles, Grafite conseguiu distingui-los.

— Não são polícia, nem zumbi, é o Lelo e o Chicão.

— E os outros dois, sabe quem são? — Nike não gostava de surpresas.

— Sei não. Qual foi, Lelo, qual foi, Chicão?

O outro grupo não havia visto ninguém perto deles, e se assustou com o chamado de Grafite.

— Qual foi? Tá tranquilo! – disse Chicão.

— Sou eu, o Grafite. O patrão quer saber quem são esses dois aí.

— Tão fugindo com a gente também.

Bebel estava assustada, abraçava Marcos com força. Nike e os outros saíram de trás do muro da esquina.

— Vocês estão indo pra onde? – perguntou Nike.

— Estávamos indo para o paiol ver se conseguíamos armas pra tentar meter o pé daqui – explicou Lelo.

— Eu sei onde tem armas e munições, se quiserem podem vir com a gente.

— Vamos, sim – sorriu Chicão.

— Eu acho que o Bope já deve estar dentro da favela, não podemos bater de frente com eles, ou eles vão nos matar. Tomem muito cuidado. Vamos agora – chamou Nike.

O bonde, com mais quatro pessoas, continuou seu caminho no breu total.

***

O ninja avistou um grande grupo de zumbis, colocou a espada em posição de ataque, correu na direção dos desgraçados e começou a matança. Depois de degolar uns dez, sentiu uma pancada muito forte na cabeça e lutou para não desmaiar. Com as poucas forças que ainda lhe restavam, matou três zumbis. Cerca de vinte metros mais à frente, o grupo de Boca de Nike observava tudo.

— Caramba! O cara matou um monte, com uma espada pequena. – Ferrugem estava surpreso.– Esse cara tem que estar junto com a gente. – Boca queria ir ajudar o ninja.

– Vamos salvar ele? Quem vem comigo?

A princípio ninguém se ofereceu. Boca deu um esporro.

– Qual é a de vocês? Com esse cara do nosso lado temos mais chance de conseguir sair dessa favela.

Grafite e Guto se ofereceram. Nike mandou cada um pegar um pedaço de madeira de uma casa em obra. Os três partiram correndo em direção aos zumbis.

– Vocês dão pauladas neles que eu vou resgatar o maluco.

Grafite e Guto começaram a dar pauladas na cabeça dos zumbis, que, pegos de surpresa, não souberam como se defender. Nike tentou puxar Raul sozinho, mas ele era grande demais e muito pesado. Então pediu ajuda a Guto.

– Me ajuda aqui, Guto, o cara é muito pesado.

Nike e Guto puxaram Raul pelos braços, enquanto Grafite abria passagem no meio dos zumbis. Com muita dificuldade, eles conseguiram arrastar Raul uns trinta metros para longe dos zumbis. A roupa de ninja de Raul chamou a atenção deles.

– Que roupa esse maluco está usando? – Ferrugem estava curioso.

– Tu nunca leu gibi, não? Essa é uma roupa ninja – tentou explicar Lelo.

– Poxa, mas que raio de ninja é esse? Olha o tamanho do cara, olha o tamanho da barriga dele – observou Bebel.

— E o que tem isso de mau? O cara usa a roupa que ele quiser. Nada mais vai me espantar nessa vida depois do que está acontecendo aqui nessa favela. O cara tá acordando. — Boca de Nike apontou.

Raul começou a se mexer, gemeu um pouco, passou a mão na cabeça. Sentou-se e encarou o grupo.

— O que aconteceu? Eles tinham me cercado?

— Nós fomos lá, tiramos você das mãos deles, te trouxemos para cá — explicou Boca.

— O senhor é um ninja? — perguntou Bebel.

— Eu já fui, esses desgraçados mataram minha família, tive que voltar a ser. — Raul tirou a máscara, e todos viram o rosto dele.

— Mas você não é japonês — disse Chicão, surpreso.

— Ninja pode ser de qualquer nacionalidade, basta praticar — explicou Raul. — Alguém pode me dizer por que isso está acontecendo aqui na favela? Eu estou lhe reconhecendo, você que manda no tráfico aqui, né? Foi você que vendeu essa droga envenenada pros desgraçados que mataram minha família?

Nike sentiu que podia ser morto a qualquer momento, então respirou fundo para poder explicar.

— Infelizmente fui eu sim. Mas por mim eu não venderia crack aqui nessa comunidade, fui obrigado a vender e não sei por que as pessoas ficaram assim. Esse crack, quem nos vendeu foi a polícia.

— Como assim a polícia? — Raul não assimilou o que tinha ouvido.

— A polícia apreendeu esse crack, depois me revendeu. Isso sempre aconteceu.

— Meu Deus! Se a própria polícia faz isso, como vamos nos proteger? — Raul estava indignado. — Eu ia te matar agora, mas você é apenas um dos elos dessa corrente, o erro vem de cima. — Raul respirou fundo e se levantou rapidamente. — Já melhorei, deixa eu seguir meu caminho.

— Não! — gritou Bebel. — Fica com a gente. Estamos indo buscar umas armas, pra poder sair daqui a força.

CARNIFICINA

O secretário de Segurança Pública estava sozinho em sua sala, sua testa suava muito. Ele tirou uma pistola de dentro de uma gaveta, destravou e enfiou na boca. Ficou assim por alguns segundos, como que paralisado.

– Saio da vida para entrar na história – disse com a arma na boca. – Não, já disseram isso.

Ele tirou a arma da boca e guardou na gaveta.

– Droga! Caralho! Logo na minha gestão que isso vai acontecer! Porra, não vou me matar não, senão meus inimigos vão ficar rindo de mim e achando que me derrotaram. No ano que vem também não vou poder concorrer a uma vaga de deputado estadual.

Alguém bateu na porta e entrou. Era dona Rafaela, a secretária.

– Eles estão nervosos, querem saber se o senhor já deu a ordem.

– Eles estão nervosos, é... Manda todos eles tomarem no cu e diz também que eles podem ir procurando outro emprego, quem não é concursado vai se fuder na minha mão. Depois que essa porra terminar, vou demitir todo mundo. Me deixaram saber dessa porra por último. Me diz uma coisa, dona Rafaela, eu tenho cara de corno?

Vendo o nervosismo do chefe, que nem pediu que ela pagasse um boquete, decidiu apenas balançar a cabeça negativamente.

— Então por que me trataram como tal, me contando por último das porra desses zumbis? Eu preciso de uma dose de uísque.

Mais do que correndo, Rafaela preparou uma dose de uísque e a entregou para o secretário de Segurança Pública, que bebeu de uma vez só, para em seguida jogar o copo longe. Depois ele pegou o telefone e esperou alguns segundos antes de dar a ordem.

— Podem invadir, matem o que tiver pela frente, coloquem os corpos dentro dos carros da Comlurb, que se foda o resto. Quem tiver na rua é zumbi e acabou. Digam que os caminhões de lixo são para limpar a comunidade antes que eles entrem.

Raul parou e olhou para Bebel.
— Onde vocês vão pegar essas armas?
— Essa favela aqui vai ser pacificada, já conversei com pessoas da Secretaria de Segurança, eles me disseram que em no máximo três meses. Mas como eu não confio muito nas autoridades, mandei várias armas para outros lugares. Disse que tinha mandado a maioria, só que eu menti. Guardei uma boa quantidade de armas e munições, caso

eles mudassem de ideia e não dessem o que haviam me prometido.

Raul ficou olhando para Nike.

— Espera aí, quer dizer que essas invasões todas, antes de acontecer, eles conversam com os traficantes e ainda dão dinheiro em troca? Quer dizer que eles compram a favela da mão dos bandidos?

— Não acontece um tiroteio de dias por quê? Você acha que a Rocinha não aguentaria vários dias de troca de tiros com a polícia? É por isso que as pacificações estão dando certo. Quero ver é depois das Olimpíadas.

Raul balançou a cabeça negativamente, sem acreditar no que tinha ouvido.

— Onde fica essa casa?

— Fica na rua da Praça da Loira. É a casa numero três — explicou Boca de Nike.

— Prestem atenção — disse Raul. — Vocês viram o que o helicóptero da polícia fez. Eu vou ver o que está acontecendo lá na entrada da favela, depois vou para a casa onde estão as armas. Peguem o máximo de armas que puderem, porque acho que vamos ter que lutar muito pra sair daqui. Sabendo o que eles estão tramando, vamos ter mais chances de sair daqui com vida.

— Ele está certo. Na minha opinião eles vão invadir a favela e matar quem estiver na rua. — Boca de Nike também estava preocupado, sabia que o Bope não pegaria leve.

— Se não acontecer o que houve naquele filme de zumbi, é capaz de ele jogarem uma bomba atômica na favela.

— Porra, Lelo, estamos no Brasil, não num filme, isso aqui é vida real. – Chicão perdeu a paciência de vez.

— Vamos – chamou Nike. – Daqui a pouco nos vemos, ninja.

Ferrugem foi na frente, os outros atrás. Todos estavam mais preocupados, sabiam que os governantes iam fazer algo. Tinha muito zumbi perambulando pela favela.

— Quantos zumbis devem ter nessa porra? – Bebel estava vendo tantos zumbis que já tinha perdido as contas.

— Se a gente contar com os que já morreram, deve ter uns mil perambulando pela favela. – Nike se baseava apenas em seus instintos.

Em menos de três minutos o ninja estava em cima de uma laje, bem perto de uma das entradas da favela. Ele podia ver que muitas pessoas estavam aglomeradas querendo entrar, mas os policiais não deixavam. De onde estava, também podia ver muitos carros da polícia e da Comlurb. Mais atrás dos caminhões, estavam dois minitratores. Caveirões, ele via uns cinco. "Eles vão invadir", pensou Raul.

O secretário estava se preparando para mais uma coletiva, na qual falaria sobre uma possível invasão da comunidade. Só que ele já havia bebido muitas doses de uísque para se acalmar. Por ter abusado, terminou ficando alto, e com cheiro de bebida.

— Dona Rafaela, me arrume um café bem forte, algum perfume bucal e uma toalha seca – ordenou Rômulo.

Ele foi ao banheiro, deu um mijada, abriu a torneira de água quente, meteu a cabeça debaixo, ali a deixou por cerca de trinta segundos, depois meteu a cabeça debaixo da água fria e ali a deixou por mais meio minuto. Colocou um pouco de pasta de dente em sua escova. Deixou-a em cima da pia, escovaria os dentes depois que tomasse o café forte. Dona Rafaela entrou no banheiro, indo logo enxugar a cabeça molhada do chefe.

— É, dona Rafaela, sempre a senhora do meu lado. Gosto de você porque não me critica, está sempre ali comigo, nos bons e nos maus momentos. Desde que te vi naquela faculdade sabia que você estaria sempre comigo. Depois que toda essa loucura acabar, vamos passar uma semana em Búzios.

— Vou levar o meu biquíni menor e mais cavado, do jeito que você gosta.

— Vou meter muito nesse teu rabo, dona Rafaela, até eu ficar totalmente relaxado.

— E a sua esposa?

— Vou dizer que vamos para um hotel onde vamos discutir as prioridades do próximo semestre com os assessores do governador. Pena que não vai dar pra gente trepar na praia, esses malditos paparazzi não vão deixar.

— Cinco minutos para a entrevista — avisou a sempre atenta secretária.

Rômulo entornou o café, depois escovou os dentes, fez um gargarejo com um desodorante bucal e colocou o paletó. Olhou-se no espelho. Antes de falar que estava descabelado, Rafaela já estava penteando-o. Ele deu mais uma ajeitada no cabelo.

— Que tal?

— Parece que saiu do banho agora.

— Então vamos para essa merda de coletiva.

Assim que o secretário chegou à sala onde seria dada a entrevista coletiva, centenas de flashes pipocaram em cima dele, deixando-o cego por alguns segundos. Um dos assessores tomou o microfone de assalto para dizer:

— Vamos responder a apenas cinco perguntas, porque o secretário deixou uma reunião só para falar com vocês. Eu escolho quem vai fazer as perguntas.

Os repórteres reclamaram por alguns momentos, dizendo que desse jeito ficava difícil, que isso era um tipo de censura. Quando o secretário se aproximou do microfone, eles começaram a fazer perguntas, mas ninguém entendia nada. O assessor apontou para uma repórter.

— Pergunta você.

— Boa noite, meu nome é Jane Herondi, da TV Mundo, minha pergunta é a seguinte: Queria saber por que junto com o Bope há carros da Comlurb. Estão dizendo que é para recolher os corpos.

— Não sei quem te disse isso, é uma inverdade. Temos informações de que esses baderneiros que vocês apelidaram de zumbis fizeram estragos enormes na comunidade, o Bope apenas vai dar segurança ao trabalho dos garis. Apenas isso.

O assessor apontou para um repórter.

— Sou Odair José, da Rede Bandeira, e queria saber que atitude a secretaria vai tomar em relação aos policiais que apreenderam e venderam essa droga adulterada.

— Estamos apurando os culpados e em menos de oito horas eles estarão na cadeia, para serem punidos exemplarmente, antes de serem demitidos.

O assessor escolheu outro repórter.

— Sou Paulo Sérgio, do Jornal O Diurno, e quero saber o que vai acontecer depois que vocês liberarem a comunidade dessa espécie de quarentena?

— Vamos intensificar uma entrada de melhorias, digo a vocês que já tínhamos planos de pacificar essa comunidade, vamos adiantar tudo para que toda a infraestrura da comunidade seja refeita, para que os moradores esqueçam esse acontecimento, podendo assim viver com mais qualidade no local que escolheram para morar.

— Você — indicou o assessor.

— Sou Evaldo Braga, do Portal NetBrasilNoticias. A família do Marcelo vai processar o governo por ter deixado acontecer aquela tragédia com ele. Como o senhor vê essa iniciativa?

— Se a família acha que tem esse direito, que processe, mas na minha opinião foi uma imprudência dele. Vou deixar isso a cargo da procuradoria do estado.

— Última pergunta, por favor.

— Sou Antônio Marcos, do Jornal AM e FM. Porque a comunidade está sem luz?

— Os drogados sabotaram uma distribuidora de linha dentro da favela, mas a empresa de energia não quer que seus homens entrem na comunidade sem a situação estar sob controle do governo, o que vai acontecer em breve. Quando a gente puder garantir a segurança deles, vão entrar na comunidade e fazer o trabalho deles.

O assessor anunciou o fim da coletiva.

— Terminou, amanhã ao meio-dia vamos voltar para fazer um levantamento e vamos divulgar as novas medidas que serão tomadas. Obrigado.

Assim que saiu da sala de entrevista e fechou a porta, Rômulo olhou para a secretária.

– Vou dormir, não me acorde nem se o papa chagar aqui pra falar comigo. Me chame daqui a duas horas. Aproveita e descansa também.

– Pode dormir, daqui a duas horas te chamo.

Rômulo caminhava se arrastando, seus joelhos estavam quase dobrando. O cansaço, a bebida e o estresse finalmente fizeram efeito. Antes de o corpo bater no colchão, ele já estava dormindo. Rafaela deu uma ajeitada nele, cobriu-o e ligou o ar. Antes de sair, apagou a luz e fechou a porta.

Fez-se um imenso alvoroço na entrada da comunidade. Policiais do Bope começaram a entrar em seus carros blindados, enquanto outros entraram nos carros da Comlurb. Várias equipes de televisões, do Brasil e do mundo, estavam acompanhando os acontecimentos. Eram tantas equipes que elas atrapalhavam a circulação dos policiais. O responsável pela operação ordenou a alguns de seus comandados que mandassem os jornalistas para o lado oposto, longe dos carros que entrariam na favela.

No estúdio a âncora do jornal estava olhando para a câmera, esperando o momento de entrar no ar. Ela aguardou a contagem regressiva e começou a falar.

– Está acontecendo uma movimentação muito grande na entrada da comunidade.

Ela se aproximou de um imenso telão onde era possível ver a movimentação de policiais entrando em carros, outros correndo, muitas pessoas observando tudo.

— Nosso comentarista de segurança está lá na entrada da Cidade de Deus. Ronaldo Petters, o que está acontecendo nesse momento aí? Que movimentação toda é essa?

— Bem, Maria Paula, o Bope, junto com a Comlurb, vai entrar na comunidade a qualquer momento. Segundo a cúpula da segurança, é para ver como está a situação de fato, para que se possa dizer quando os moradores vão poder entrar na comunidade e ir para suas casas. Tem gente que já está aqui há mais de oito horas. Essas pessoas trabalharam o dia todo, o mínimo que elas querem é o seu merecido descanso. Algumas pessoas saíram daqui para pernoitar no hotel social, mas a grande maioria não quis. Apenas mulheres e crianças deixaram o local.

— Ronaldo, vejo policiais nos carros da Comlurb. É isso mesmo?

— Sim, a cúpula achou melhor os policiais dirigirem os carros. Apenas por precaução.

— Ronaldo, o que você acha que eles vão encontrar dentro da comunidade?

— Olha, Maria Paula, com certeza muitos corpos e um caos total. O helicóptero do Bope fez vários voos atirando. Devemos ter uma quantidade imensa de cadáveres das pessoas infectadas. Eu conversei com pessoas ligadas aos direitos humanos, elas acham que o Brasil vai ficar muito mal perante a opinião pública mundial. Soube também que uma equipe da ONU ligada aos direitos humanos já partiu de Nova York para o Brasil. Eles vão se reunir com a presidente da República para cobrar explicações.

— Vamos continuar aqui nos estúdios, vamos conversar com o doutor Fagner Saboia, PhD em políticas de segurança pública. Ele já trabalhou na África e já viu algo muito parecido com isso que está acontecendo aqui no nosso estado, no Sudão.

De cima da laje, de seu ponto de observação, Raul achou que já tinha visto o bastante. Pulando pelos telhados, ele foi em direção ao ponto de encontro. Como estava bem acima do peso e sem condicionamento físico, depois de quebrar três telhados, resolveu ir pela rua. Aproveitaria para matar mais alguns zumbis que visse pelo caminho.

O PhD tinha cara de lesado e usava óculos fundo de garrafa. Maria Paula só não riu da figura porque sabia que ele era muito respeitado no meio acadêmico. Ela se sentou ao lado dele. "Que gostosa", pensou o PhD ao ver as pernas da jornalista.

– Boa noite, doutor, como o senhor vê essa situação?

– Boa noite, Maria Paula, boa noite, telespectadores. Vejo essa situação com muita tristeza, pois ela nivela o Brasil por baixo no ranking que mede como cada país cuida do problema das drogas que assola o mundo. Com licença da palavra, toda essa operação a que estamos assistindo pela TV é uma grande "cagada", mais uma da segurança de nosso estado.

– O que o governo e os órgãos responsáveis deveriam fazer?

– Em primeiro lugar, teriam que ter evitado a entrada dessa droga, que, segundo se comenta, foi apreendida e depois vendida. Uma vez que ela entrou na comunidade, tinha que ter começado uma operação de evacuação, para que inocentes não pagassem com a vida nesse embate entre os ditos "zumbis" e os policiais. Depois de evacuada, teriam que ter recolhido todos os doentes e os colocado em quarentena, para que essa droga fosse estudada, quem sabe criando-se assim algum tipo de antídoto. Depois de tudo isso, os moradores poderiam voltar à comunidade. Porém o governo fez o contrário de tudo isso. No Sudão, mais de oitenta por cento dos contaminados, em uma localidade, foram mortos. Espero que esses números não se repitam. Pois pegaria muito mal para o nosso país. Seríamos comparados ao Sudão.

— Temos que ir aos nossos comerciais, depois voltamos. — A jornalista esperou alguns segundos, antes de continuar a falar. — Pode relaxar, professor, não estamos no ar. Me diga uma coisa, professor, esses zumbis podem sair dessa favela e vir aqui para a zona sul?

— Poder até podem, se alguém trouxer a droga e revender na zona sul. Nunca se sabe até onde podem ir. De repente pode ser um fato isolado.

— Eu moro em Botafogo. Esses zumbis têm que ficar nas favelas mesmo. Pobre tem que ficar nas favelas mesmo, com seus problemas. Nas favelas até o ar é diferente. Ainda bem que agora só trabalho no estúdio.

Doutor Fagner olhou para ela sem dizer nada.

O bonde de Nike chegou à esquina da rua onde ficava o paiol. Ferrugem parou e ficou olhando sem acreditar no que via. Ele voltou resmungando para junto dos outros.

— O que houve, Ferrugem? — Nike não gostou da cara dele.

— Tá cheio de zumbis na rua, devem ter uns cem entulhando a passagem.

— O que vamos fazer agora? — Bebel estava assustada novamente.

Nike foi dar uma olhada na situação. Realmente a rua estava infestada de zumbis. Eles estavam em volta de um carro, um deles tentando abri-lo com uma pedrada. A chave devia estar no painel, pois as luzes do carro se acenderam, e de repente começou a tocar uma música muito alta: "U can't touch this", do MC Hammer, que tinha feito muito sucesso no Brasil. Depois aconteceu algo que deixou Boca de Nike de boca aberta. Começou a tocar "Thriller". Boca só acreditou porque estava vendo e mesmo assim resolveu chamar as outras pessoas para verem. Com um gesto ele mandou que o restante do bonde se aproximasse. Todos ficaram estupefatos com os zumbis dançando a música de Michael Jackson, repetindo precisamente a coreografia do videoclipe.

— Que porra é essa? — Lelo não estava entendendo nada. — Alguém tá de sacanagem com a gente, isso é pegadinha?

Ninguém respondeu nada, estavam assistindo à cena bizarra.

Marcos foi o primeiro a falar.

— Minha vó dizia que quando o mundo estivesse perto de acabar coisas estranhas iriam acontecer. Isso é a profecia se cumprindo. Zumbis na favela, zumbis dançando música coreografada.

— Para de falar besteira, rapaz, esse clipe do Michael Jackson tocou tanto que acabou entrando no inconsciente coletivo das pessoas. Quando elas ouviram, a música deve ter despertado alguma coisa que fez elas terem vontade de dançar. Apesar de estarem como estão, esses caras são seres humanos — disse Boca de Nike.

Sem que ninguém esperasse, Raul saiu de trás de um muro e pegou todos os zumbis de surpresa. Então começou uma carnificina, que durou cerca de cinco minutos, tempo mais do que bastante para que o ninja matasse mais de trinta zumbis. Seu único prejuízo foi ter seu mp3 arrebentado por um deles ao cair, depois de ter o crânio perfurado pela espada de Raul. Ao fim, o ninja andou calmamente em direção ao carro, para desligar o som.

— Vamos agora, o ninja pegou eles desprevenidos, podemos aproveitar para entrar na casa. Todo mundo sabe qual é a casa, não sabe? Então vou contar de um até três, aí a gente sai correndo, nos encontramos no segundo andar, onde estão as armas. Um, dois, três. — contou Nike.

Todos correram na direção da casa. Bebel deu a mão para Marcos. Eles saíram correndo, desviando dos, agora poucos, zumbis vivos, e também dos que foram mortos por Raul, além de terem que driblar o lixo que estava nas ruas. O primeiro a chegar na casa foi Grafite. Ele era um negro das canelas finas, sempre chegava primeiro em qualquer disputa de velocidade. Quando fugia da polícia, nenhum policial conseguia pegá-lo. Entrou e ficou segurando o portão. Cabeção foi o segundo a entrar,

Ferrugem veio depois, então Boca de Nike, Lelo, Guto, Marcos e Bebel. O ninja entrou por último, depois de cortar a cabeça de mais um zumbi.

Quando chegou ao quintal, Nike estava com o corpo curvado para baixo, completamente sem fôlego.

— Para um dono de uma boca de fumo, você está totalmente fora de forma — provocou Raul.

— Olha quem está falando, já se olhou no espelho? O que você queria? Muita gente quer minha cabeça, não posso ficar dando mole pelas ruas, senão neguinho me cata. Fiquei fora de forma.

— Como vamos entrar na casa? — Bebel queria entrar logo, para ficar longe dos zumbis.

Nike foi até um xaxim, meteu a mão no meio das folhas de samambaia, tirou uma chave que estava escondida. Jogou-a para Ferrugem, que abriu a porta e deixou todos entrarem na sua frente.

— Não esquece de fechar essa porta para que esses desgraçados não entrem aqui — lembrou Bebel.

Apesar de não ter luz na comunidade, na casa de Boca havia lâmpadas de emergência. Ele acendeu a luz e explicou:

— Temos que sair daqui no máximo em duas horas, que é o tempo que duram essas luzes de emergência.

A casa estava muito bem mobiliada, com cortinas e paredes com cores bonitas. Televisão de cinquenta polegadas, aparelhagem de som, tapetes. Uma casa pronta para morar.

— Você mora aqui? — A curiosidade feminina de Bebel falou mais alto.

— Moro e não moro. Antes de guardar as armas aqui, dormia umas duas vezes por semana.

— Quer dizer que você montou esse casarão e não morava aqui? — Marcos não conseguia acreditar que alguém pudesse fazer isso.

— Como eu já te disse, tenho que tomar certos cuidados. As pessoas não podem saber onde eu durmo, tem X-9 em tudo quanto é lugar.

— Por que você ajudou eu e o Marcos se você é um criminoso?

— Porque eu nasci e cresci aqui, não poderia deixar de ajudar um morador.

Raul cortou a conversa.

— Vocês esqueceram que eu fui ver o que estava acontecendo na entrada da favela.

Cabeção, Lelo e Ferrugem voltaram da cozinha trazendo vários pães, frutas, queijo e presunto. Entraram na sala bem a tempo de ouvir o relatório de Raul.

— Eles vão invadir essa favela, tem vários caveirões, carros da Comlurb, minitratores. Os carros da Comlurb vão ser dirigidos por policiais.

— E o que isso significa? — perguntou Bebel.

— Significa que eles estão prestes a entrar para começar uma operação de limpeza — explicou Nike.

— Mas será que eles vão invadir as casas e matar as pessoas? — Marcos estava com medo também, só não podia demonstrar por causa de Bebel.

— Você arriscaria ficar aqui, dependendo de uma decisão da polícia? — Nike colocou a questão no ar.

— Não — respondeu Marcos num fio de voz.

— Então vamos lá para o segundo andar pegar as armas para sair da favela — decidiu Boca de Nike.

Foram para o segundo andar e entraram em um quarto. Parecia um quarto normal, com uma cama de casal, armário, penteadeira, uma televisão de tela fina, porém era mais que isso. Boca de Nike abriu o armário enorme, afastou umas roupas, encostou as mãos na madeira que aparentemente fazia parte do móvel, empurrou com força, e abriu-se uma porta que dava passagem para uma pequena sala, onde várias armas estavam em cima de uma mesa, em cima de cadeiras e nas paredes. Havia fuzis, metralhadoras e muitas pistolas.

— Escolham as armas que quiserem. Sugiro que o Marcos e a Bebel usem pistola, porque eles não sabem usar armas. Manusear uma pistola teoricamente é mais fácil que um fuzil — explicou Boca de Nike.

Ele pegou duas pistolas prateadas, calibre 45, e um fuzil AR Baby. Marcos olhava para a arma, olhava para Boca de Nike, olhava para Bebel.

— Olha só, bem que você poderia mostrar como destrava, como coloca um pente. Para atirar, só vou apontar e apertar o gatilho. — Marcos nunca tinha segurado uma arma em sua vida.

Boca pegou a pistola da mão dele.

— Presta atenção vocês dois, hein, só vou ensinar uma vez.

Nike explicou como se destravava a arma, mostrou como se trocava um pente. Fez isso apenas uma vez. Depois entregou a arma na mão de Marcos. Mandou ele e Bebel fazerem como tinha ensinado.

— Legal, hein, de resto mirem e atirem nos zumbis ou em quem quiser matar vocês. Antes de matar alguém pense no seguinte: "Em vez de chorar a minha mãe, que chore a mãe dele." Esse é o lema da bandidagem. — Nike olhou para Raul, que não havia pegado nenhuma arma. — Pode pegar a arma que quiser.

— Não preciso de arma. Só esta me basta. — Raul levantou a espada que ele havia terminado de limpar. A arma brilhava.

Nike deu uma mochila para cada um, onde colocaram munições. Ao longe começaram a ouvir tiros. Muitos tiros, e barulho de helicóptero.

— Começaram a invasão. Sabia que não demorariam — disse Raul.

— Vamos embora. Temos que descer. Vou apagar essas luzes de emergência — falou Boca.

Todos desceram o mais rápido possível. Apagaram todas as luzes da casa.

— O que vamos fazer agora? — perguntou Bebel.

— Vamos esperar um pouco e ver em que direção os policiais vão, se vão invadir casas — sugeriu Chicão.

— Temos que sair da favela. — Essa era vontade de Nike, e se ninguém o acompanhasse, ele iria sozinho.

— Eu vou lá na rua, vou ver a situação e volto aqui para ver o que faremos. — Raul se levantou, e já ia saindo quando Bebel fez uma pergunta crucial.

— E se você não voltar?

— Me esperem meia hora. Se eu não voltar, tomem uma decisão sem mim.

Raul abriu o portão, olhou para os dois lados da rua. Além dos corpos no chão, não havia mais nada. A uns trinta metros de onde ele estava viu um zumbi se arrastando, indo na direção de um copo de Guaravita, tentando encontrar uma pedrinha de crack para fumar. O ninja pulou alguns cadáveres, se aproximou do zumbi e enfiou a espada na cabeça do infeliz. Ficou parado por alguns segundos. Uma sequência de tiros o tirou de seu mutismo. Saiu correndo em ziguezague pela rua, subiu em um muro, passou para o telhado de uma casa. Se ficasse no alto seria menor o risco de ser visto pelos policiais. Nos telhados poderia se camuflar, caso o helicóptero aparecesse. Foi na direção dos tiros. Pelo som vinham de umas três ruas atrás do ponto em que estava. Como um gato, Raul chegou a uma laje bem alta, de onde ficou observando todo o trabalho da polícia.

* * *

O secretário de Segurança recebia imagens em tempo real, gravadas por um dos caveirões que estavam dentro da favela. Quanto mais o blindado entrava na favela, com mais zumbis ele deparava. Os policiais estavam matando sem pena. Ao lado do secretário, vários assessores assistiam ao massacre.

— Isso tem que ser feito, tem que matar esses monstros mesmo. Já pensou se eles vão para Copacabana? Já pensou ter que matar zumbi em Copacabana? Ia ter que fechar o trânsito, túnel. Ia ser um caos.

— Se isso acontecesse em Copacabana, não poderíamos matar esses desgraçados com tiros. Um tiro dado lá na Cidade de Deus não tem o mesmo valor de um tiro disparado em Copacabana. São duas coisas muito distintas – explicou o secretário.

— No futuro, secretário, vão falar muito dessa operação de limpeza na favela.

Os puxa-sacos não conseguiam se conter.

— Com certeza vai entrar para a história. Como uma operação que deu certo ou como uma das maiores cagadas já feitas no mundo por uma secretaria de segurança. Me dá o telefone, deixa eu falar com o capitão.

Rafaela trouxe o telefone para o secretário.

— Fala, capitão Anastácio. Eu estou vendo que vocês estão acabando com esses monstros. Cuidado com os corpos, não esquece nenhum.

* * *

Do alto de uma laje Raul via tudo o que a polícia fazia. Eram três caveirões, em três pontos da comunidade, dois estavam apenas avançando pela favela. Um terceiro havia encontrado um grupo de cerca de trinta zumbis. Das laterais do caveirão dava para ver o brilho das armas sendo disparadas. Atrás do caveirão vinha um grupo de policiais que recolhiam os corpos, para jogá-los na pá mecânica da Bobcat. Cinco corpos enchiam a pá mecânica, depois eram jogados em cima de um caminhão, daqueles que pegam móveis pela cidade. Raul já tinha visto muitas coisas no mundo, mas esse espetáculo macabro estava dando frio em sua coluna. Dali ele foi ver o que os outros caveirões estavam fazendo. Rapidamente chegou perto do outro grupo de invasão. Um grupo de três zumbis correu dos tiros, entrou em uma casa, e três policiais foram atrás. Como a casa estava às escuras, Raul pôde ver o brilho das rajadas. Ouviu gritos de moradores pedindo por suas vidas. Um policial saiu da casa puxando dois corpos, fez sinal para que o caminhão se aproximasse, outros dois policiais ajudaram a colocar os corpos na pá mecânica do minitrator. Depois Raul ouviu um barulho de vidro sendo quebrado. Um dos policiais tinha quebrado a janela para jogar corpos do segundo andar para o quintal. Jogaram um total de seis corpos para baixo, ou seja: além dos zumbis, eles mataram cinco pessoas que estavam na casa. Como alguns vizinhos resolveram dar uma olhada no que estava acontecendo, os policiais deram tiros na direção das suas janelas. Invadiram uma casa de onde tiraram mais quatro corpos.

— Meu Deus!

Raul voltou para a casa onde estava o restante do grupo. Tinham que sair da favela. Ao longe, pôde ver mais uma equipe entrando na comunidade. Pela rota que estavam traçando, com certeza iam passar pela casa onde Boca de Nike e o pessoal estavam esperando.

— Secretário, onde pretendem jogar esses corpos? — perguntou um dos puxa-sacos.

— Alguns, temos que preservar para estudar, sei que temos que mandar um para a UFRJ, outro para a universidade Estácio de Sá, lá na Barra, onde eles têm um laboratório que estuda genética. Soube disso hoje. Tem universidade até de outros estados querendo um corpo para estudos. A maior parte vamos levar lá para a Bayern, em

Belford Roxo, e incinerar tudo. É a única opção que temos.

Como o secretário ficou quieto, todos os puxa-sacos fizeram o mesmo.

No estúdio havia uma mesa redonda com o comentarista de segurança e um sociólogo.

— Minha primeira pergunta — começou o âncora. — É para o nosso comentarista de segurança. Ronaldo, o Bope invadiu com caveirão, minitrator e caminhões. Estamos ouvindo tiros. O que pode estar acontecendo lá dentro da comunidade?

— Com certeza alguns contaminados que não se entregarem serão mortos. Os caminhões e os tratores são para desobstruir passagens, pois, como foi mostrado, os zumbis roubaram muitas coisas de casas, as ruas estão cheias de lixo. Daqui a pouco os moradores poderão voltar para as suas casas.

— Mais uma dúvida. Quanto aos traficantes, será que vai haver confronto? — continuou o âncora.

— Pode ser que sim, mas algo não muito ostensivo, pois, como será instalada uma UPP aqui em breve, muitos dos bandidos já foram embora. Se houver, será por parte de algum traficante sem muita importância na hierarquia local, pois os maiores já deixaram a favela.

— Estamos aqui também com o cientista social José da Silva. Queria saber sua opinião sobre a invasão.

— A pior possível. Essa invasão mostra o total despreparo da nossa segurança pública. Uma bagunça, erro em cima de erro. Só que não poderíamos esperar mais do que isso do nosso secretário, um homem de gabinete, que conhece muito bem nosso Rio de Janeiro. Pessoas que teriam que receber tratamento médico estão sendo assassinadas. Isso está repercutindo mal no mundo inteiro. Já imagino as manchetes nos jornais do mundo. Com certeza as piores possíveis.

– Vamos falar agora com nossa repórter que está lá.

Por um problema na transmissão, era impossível ver a repórter. A entrada ao vivo teria que ser cancelada. De repente, no entanto, ouviu-se uma voz por trás da imagem sem foco. A repórter falava, mas não sabia que estava sendo ouvida.

– Tomara que não sobre um zumbi. Já pensou se eles saem daqui dessa porra de favela? A gente do resto da cidade se fode.

Ao fundo se ouviu uma voz dizendo que ela estava no ar. A repórter se calou e depois saiu da frente da câmera, que ficou filmando a escuridão. O âncora ficou sem saber o que dizer.

– Daqui a pouco a gente volta.

* * *

Durante a espera por Raul, ninguém disse nada, cada um ficou pensando em suas vidas, em como chegaram até ali, em como sairiam. Pensaram também em quão ridícula era aquela situação, parecia mais filme do que realidade. Uma favela invadida por zumbis – e zumbis que nem eram zumbis de verdade, mas sim zumbis usuários de crack, o que tornava tudo mais ridículo ainda. Só mesmo no Brasil isso poderia acontecer. O cara que armou essa era um grande sacana. Nem Jerry Fletcher poderia bolar uma teoria como essa. Sem fazer nenhum som, Raul entrou na sala onde eles estavam.

— E aí? — foi logo perguntando Bebel.

— A situação é a seguinte: os policiais estão exterminando os zumbis. Eles matam, colocam os cadáveres na pá de um pequeno trator, depois jogam em cima dos caminhões da Comlurb.

— Então eles estão matando só os bichos? — Guto estava ficando tão assustado que nem estava raciocinando direito.

— Não! Um grupo de zumbis entrou em uma casa. Os policiais entraram atrás, mataram todos, zumbis, moradores e o caralho a quatro. Pensando que ninguém estava vendo, eles jogaram os corpos da janela do segundo andar para o quintal.

Nike balançou a cabeça.

— Eu já esperava por isso, eles não querem deixar testemunhas.

— Se alguém cruzar o caminho deles, com certeza eles matam. Esses vermes não perdoam ninguém. — Chicão estava esperando uma decisão sobre o que iriam fazer.

— Se a gente ficar aqui e um zumbi entrar, eles vão entrar aqui, e vão nos pegar. Existe também a possibilidade deles nem entrarem nessa casa. Só que eu não vou ficar aqui, eu vou sair da porra dessa favela para nunca mais voltar. — Nike deu o recado dele. — Quem quiser vir comigo, vamos sair agora.

Todos levantaram, menos Guto, que há muito tempo estava prostrado. Não acreditava no que estava acontecendo. Apesar de ser traficante, ele fora criado em uma família evangélica. Por isso estava achando que esses acontecimentos estavam escritos na Bíblia, profetizados no livro do Apocalipse.

– Eu vou ficar aqui. – Guto nem fez menção de se levantar.

Bebel foi a primeira a falar com ele.

– Vamos embora, se a polícia invadir aqui, vão te matar. Fugindo temos mais chance de nos salvarmos.

– Não adianta fugir, ninguém pode se esconder da ira de Deus. Temos que pagar pelos nossos pecados. Eu errei muito na minha vida, vou ficar aqui, se for a vontade de Deus que eu morra, eu morro. Se eu sobreviver, no resto dos meus dias eu vou servir ao Senhor.

– Coé, Guto, deixa de palhaçada, vamos embora daqui – disse Lelo.

Nike teve que se intervir. Tinham que sair logo dali. Se ficassem discutindo poderiam acabar chamando a atenção tanto dos zumbis quanto da policia.

– Não podemos fazer mais nada, perdemos outro para Jesus. Vocês não estão vendo? O cara se converteu. Quem manda nele agora é Jesus. Ele mudou. Nada que a gente falar vai fazer ele mudar de ideia. Agora ele é um homem de Deus. Quando tudo isso acabar também estou pensando seriamente em entrar para a Igreja. Ou vocês acham que tudo isso que está acontecendo não é coisa do demônio?

De repente Guto se levantou. Começou a orar e louvar, a falar também na língua dos anjos.

— Vamos embora. Que Deus nos ajude.

Mais do que rápido todo mundo resolveu sair da casa. Não viram nada na rua, nenhum zumbi, somente cadáveres.

— Deixa que eu vou na frente. — Raul enxergava muito bem no escuro.

Ele andava alguns metros e depois acenava para o grupo, chamando-os. Todos estavam impressionados com a sua agilidade. Raul era um homem grande, media 1,95m, com uma barriga bem grande e pernas finas. Olhando para ele parado, qualquer pessoa riria, ridículo com aquela roupa de ninja. Mas depois do que o viram fazer com os zumbis, ninguém tinha coragem de rir dele. Sem falar que ele não tinha dificuldade nenhuma em subir nos muros e caminhar pelos telhados.

O secretário de Segurança e o capitão Anastácio, do Bope, estavam frente a frente, um olhando para o outro. O secretário estava abatido. Tinha que resolver logo aquela situação.

— Então, capitão, o que o senhor me recomenda fazer?

— Secretário, eu nunca vi uma situação dessa, nenhum soldado foi treinado para isso. Nos manuais não existe nada sobre eliminação de zumbis. Primeiro porque zumbis não existem. Só que vamos enfrentar essa situação primeiro como um distúrbio urbano, depois temos que restabelecer a ordem naquela favela. Eliminando todos os zumbis, ferindo o menor número de pessoas possível.

— Outra coisa que temos que evitar são as filmagens com câmeras e celulares. Porque se virem a polícia matando um desses desgraçados, vão cair de pau em cima de mim. E como que o senhor vai enfrentar esse distúrbio urbano?

— Quero que a luz seja cortada da favela, depois temos que invadir, matar os zumbis e recolher seus corpos. Primeiro preciso daqueles tratores pequenos da Comlurb, quero montar três equipes para entrar na favela, em cada equipe eu quero um caveirão, um caminhão daqueles que removem o mobiliário urbano, uma Bobcat, seis homens a pé, seis dentro dos caveirões, contando com o motorista, um policial para pilotar cada caminhão e cada minitrator e os helicópteros que vão nos dar cobertura, que já estão desde cedo lá na favela.

— Podemos procurar esses motoristas na própria Comlurb.

— Não, temos que encontrar policiais que saibam dirigir caminhões e os minitratores, quanto menos testemunhas de fora da polícia, melhor.

— Quanto tempo tenho para conseguir essas coisas?

— O senhor já teria que ter conseguido tudo.

— Então o senhor já pode se dirigir com os caveirões e seus homens para a entrada da favela, que tudo estará lá – prometeu o secretário de Segurança.

Rômulo se levantou, dona Rafaela foi atrás dele.

— A senhora ouviu a nossa conversa, vamos lá para o meu escritório, ligue para quem for necessário, deixa que eu mesmo falo. Temos que conseguir tudo isso em menos de duas horas. Liga da nossa linha segura.

O capitão Anastácio estava no primeiro caveirão. Mesmo com anos de experiência, tendo visto todo tipo de crime, já tendo matado mais de cinquenta pessoas, a maior parte no cumprimento do dever, não via com bons olhos matar pessoas desarmadas, mesmo sendo viciados. Mas, devido à situação crítica, ele e seus homens não tinham escolha. Pegou o rádio, que estava numa frequência que só os policiais poderiam ouvir, e deu a ordem.

— Atenção! Sei que esses infelizes estão desarmados, não sabemos o que os deixou assim, não sabemos até onde isso pode ir, portanto vamos exterminar esses desgraçados. Se virem moradores filmando, observando ou andando pelas ruas, não hesitem. Atirem. Vamos entrar na favela.

Nos primeiros metros dentro da favela, não viram nada de mais.

— Deste ponto em diante vamos nos separar.

Cada um dos grupos foi para uma direção predeterminada. A equipe do comandante avistou um grupo de dez zumbis. Eles foram mortos sem a mínima condição de defesa. Depois seus corpos foram colocados na pá mecânica, para em seguida serem jogados no caminhão.

Duas horas antes de ir para a Cidade de Deus, Anastácio reunira todos os homens na base do Bope.

— Atenção, homens! Essa missão com certeza será a mais estranha que já aconteceu na história do Bope. Estamos indo invadir uma favela, não para prender ninguém, mas sim para eliminar algo que pensávamos não existir. Estamos indo limpar uma favela que está cheia de zumbis. Deixa eu explicar para vocês: pelo que estou sabendo, algum tipo de droga sintética chegou na cidade, e ela é tão nociva que as pessoas perdem a consciência, para depois começarem a vagar que nem os zumbis dos filmes.

— Mas, senhor, depois do efeito das drogas, essas pessoas não voltam ao normal? — perguntou um tenente na primeira fila.

Não sei, tenente, só sei que a nossa ordem é limpar a favela tanto de zumbis como de fofoqueiros e cinegrafistas amadores. Usaremos nossos carros e também carros da companhia de limpeza urbana. Preciso de homens que saibam dirigir caminhões e minitratores.

Enquanto matava zumbis, Anastácio sabia que seus homens cumpririam a missão. Porque, para ele, missão dada era missão cumprida.

O que mais intrigava o capitão Anastácio era o fato de os zumbis não fugirem da morte iminente. Eles não esboçavam nenhum tipo de defesa. Não imploravam pela própria vida. Como um ser humano pode chegar a um nível de letargia tão grande, a ponto de nem ao mesmo tentar fugir da morte? Que droga era essa? "É a droga do Apocalipse?", perguntava-se o capitão.

— Que Deus nos perdoe! — disse para si mesmo.

Cerca de dez minutos depois que Guto ficou sozinho na casa, ele teve sua oração cortada pela entrada de vários zumbis que começaram a roubar a mobília, e outros que entravam na casa atordoados por tiros que haviam tomado dos policiais. Guto sentiu que o momento de morrer estava chegando. Fechou os olhos e começou a orar com toda a fé que um ser humano podia ter. Não estava com medo, ele sabia que se morresse naquele momento, estaria salvo, tamanha era a sua sintonia com Deus. Estava preparado para tomar mordidas até morrer, não iria gritar, pois quem tem Deus no coração não teme nada. Porém a mordida nunca veio, e Guto continuou no mesmo lugar. Foi em espírito de oração que começou a ouvir os tiros disparados pelos fuzis dos policiais do Bope. "Agora eu morro com um tiro de fuzil." Tinha certeza de que iria morrer. Abriu os olhos, pois queria ver a vida uma última vez. O que ele viu foi o brilho dos tiros saindo das armas e os zumbis tombando mortos no chão. Um policial apontou a arma para ele, quase a encostando em seus olhos. Guto esperou pelo tiro. O tiro não veio, o policial, apesar de estar a poucos centímetros dele, parecia não vê-lo, assim como os zumbis, que também não notaram a presença dele. Desse momento em diante, soube que não iria morrer ali, pois Deus o cobrira com seu manto, para que nada o atingisse. Foi nesse momento também que Guto compreendeu qual era a sua missão dali em diante. Teria que ir aos lugares onde existia consumo de crack para pregar, dando seu testemunho, resgatando pessoas que estavam viciadas nessa droga maldita. No meio da bagunça, dos tiros, foi ouvido um grito de Aleluia. Tudo ficou claro na vida de Guto, pois ele tinha descoberto o que viera fazer no mundo.

Raul fazia a contenção do grupo. Quem era bandido, como Boca de Nike, Ferrugem, Grafite, Lelo e Chicão, portava armas, e por isso se sentia protegido, pois teria como enfrentar os zumbis por conta própria. Já quem nunca tinha usado uma arma na vida, como era o caso de

Bebel e Marcos, estava mais assustado ainda. Além de estarem com medo dos zumbis, os dois temiam se machucar ou machucar alguém. Nas três primeiras ruas que cruzaram, não encontraram dificuldade nenhuma. Raul era um bom contenção. Ao chegarem à rua 15, Raul parou, e com um sinal mandou que todos parassem também. À sua frente um caveirão estava liquidando uns cinco zumbis. Os policiais vinham a pé, pegavam os corpos e os colocavam na pá do trator, que os jogava no caminhão da Comlurb. Embora Raul estivesse bem escondido, um dos policiais que estavam no chão conseguiu vê-lo e mandou uma rajada de fuzil, que bateu na parede, a centímetros de sua cabeça. Os tiros chamaram a atenção de outros policiais, que foram correndo e atirando na direção de Raul. Ele se levantou e fez um sinal para que todos corressem e se escondessem. Ao se ver em perigo, Nike pulou um muro e entrou numa casa, depois foi até o portão e o abriu para que Bebel, Marcos e Ferrugem pudessem entrar. Grafite pulou outro muro para se esconder no quintal de uma casa. Lelo viu um carro perto de onde estava, se jogou debaixo, ficando escondido por lá. Chicão olhou para os lados, não viu nenhum lugar onde pudesse se esconder e saiu de trás do poste, tentando voltar para a rua atrás de onde estava. Mas a distância era grande demais, e no meio do caminho um dos policiais acertou um tiro na cabeça dele, que morreu instantaneamente. O policial foi conferir o cadáver. Ficou surpreso ao ver que não era um zumbi, e sim um traficante armado com um fuzil.

— Atenção, capitão, abati um bandido armado com um fuzil. Não estamos enfrentando apenas zumbis, não.

Devem ter mais bandidos armados tentando fugir da favela.

— Entendido, soldado! Qualquer pessoa que vocês virem nas ruas, eliminem, pois pode ser um traficante. Não queremos testemunhas. Todos entenderam. Se virem mais alguém, me mantenham informado.

Os policiais pegaram o corpo de Chicão com fuzil, mochila e tudo, e o jogaram dentro da pá mecânica, para continuarem com a carreata macabra favela adentro.

O grupo liderado por Boca de Nike ficou escondido por mais alguns minutos, até ter certeza de que estava bem longe dos policiais. Nike foi o primeiro a sair de seu esconderijo. Ao vê-lo, todos criaram coragem e saíram para a rua.

— Caralho, mataram o Chicão, cara. Eles vão matar todos nós, temos que sair daqui rápido.

Antes que alguém pudesse dizer alguma palavra para consolar Lelo, ouviram o som do helicóptero.

— Vamos, todo mundo pra dentro da casa, as árvores vão nos proteger.

Mais que depressa todos foram para o quintal da casa. O helicóptero passou por cima dela, num voo rasante.

— Temos que tomar mais cuidado ainda, agora eles devem estar esperando encontrar mais pessoas nas ruas. Temos que tomar cuidado e só usar as armas como último recurso, porque assim que a gente atirar, vamos chamar a atenção dos policiais. — Nike sabia que precisariam de muita sorte para saírem vivos da favela.

Bebel olhou para Raul, notando que o ombro dele estava sangrando.

— Deixa eu ver essa ferida aí no seu ombro.

— Não foi nada, não, foi só de raspão. Vamos continuar nossa caminhada, não podemos perder mais tempo.

— Eu acho que a gente deveria ficar escondido dentro de alguma casa — sugeriu Marcos.

— Eu prefiro sair daqui. — Ferrugem estava abaixado. Notava-se preocupação em seu rosto. — Depois que eu vi o que o Bope fez com o Chicão, quero ir embora dessa favela.

— Eu acho que quem quiser ficar pode ficar. Eu não fico aqui nem mais um segundo. — Nike olhou para Raul. — E você, ninja?

— Não tenho mais nada pra fazer aqui nesse lugar — respondeu secamente.

Continuaram caminhando pela comunidade, e dessa vez estavam muito mais atentos a tudo. Os inimigos eram muitos: zumbis, policiais caminhando pelas ruas, caveirão, helicóptero. Tinham de triplicar os cuidados. Raul parou na entrada de uma rua, olhou para ambos os lados e não enxergou nada que pudesse impedir a passagem deles. Mas um detalhe o deixou preocupado: não existia nenhum lugar para se esconder, caso surgisse alguma emergência. Se o helicóptero os visse, não teriam como sair da mira dos atiradores. A rua tinha setenta metros, ou seja, eles teriam cerca de cinquenta metros de vulnerabilidade. Mas tinham que passar por ela. Não havia outro jeito.

— Temos que passar por esta rua, só que nela não tem nenhum lugar pra gente se esconder caso surja alguma surpresa — explicou Raul.

— Se temos que ir, vamos logo, ficar aqui pensando não é bom — propôs Boca de Nike.

O ninja respirou fundo.

— No três nós vamos — ordenou ele. — Um, dois, três, já.

Todos saíram correndo. Os primeiros cinquenta metros foram tranquilos, não ouviram nada, nem som de tiro, nem helicópteros. Mas quando faltavam um pouco menos de quinze metros para terminar a rua, apareceu uma horda de zumbis.

— Caralho! De onde vieram tantos zumbis? Vamo largar o aço neles, gente.

A ordem de Boca foi obedecida rapidamente. Lelo começou a abrir caminho por entre os zumbis — eram mais de trinta. Sem opções, Bebel e Marcos começaram a mandar balas na direção dos bichos. "Parece até game", pensou Marcos, pois a cada tiro que ele acertava em um zumbi, eles iam para trás, caindo em seguida, para se levantarem depois. Em menos de cinco minutos, no entanto, todos os zumbis estavam mortos.

— De onde vieram esses zumbis? Em um minuto a rua estava vazia, no outro um monte surgiu do nada. — As mãos de Bebel ainda estavam trêmulas.

— O que importa é que estamos todos vivos. Vamos, temos que sair logo daqui. — A vibração de Boca lembrava um capitão do exército.

Quando entraram na outra rua, o ninja parou. E todos pararam juntos. Antes que eles pudessem ouvir o som do motor do caveirão, Raul mandou que todos se escondessem. Ferrugem viu uma casa com um portão quebrado, entrou no quintal e se escondeu atrás de um pequeno muro. Só então começou a ouvir um gemido. Era um gemido bem baixo. Ele levantou a cabeça, olhou de relance para um canto, não viu nada, mas continuou ouvindo.

— Porra! Que merda de gemido é esse?

Continuou escondido. Depois que o perigo acabasse, iria descobrir o que era aquilo. Seu medo no momento era que mais alguém escutasse e fosse atraído ao quintal. Nesse caso, com certeza ele seria morto.

Atrás do caveirão, um dos policiais do Bope era o tenente Curnovski, filho da classe média carioca que decidira ser policial. Nunca imaginou que algo como o que estava acontecendo nesse momento pudesse existir. Como ordem era ordem, teria que matar quem surgisse na frente. Ao passar perto de uma casa, outro policial ouviu um som estranho e chamou Curnovski.

— Tá ouvindo um gemido?

Curnovski apurou os ouvidos. Pôde ouvir um som bem baixo, que de fato lembrava um gemido.

— Tô ouvindo, sim. Acho que vem daquele quintal ali.

— Então vai lá averiguar. Já sabe, se for zumbi, mata e traz aqui pra fora, pra gente jogar no lixo.

Curnovski posicionou o fuzil, abriu o portão com uma pesada só, entrou no quintal, olhou para um lado, olhou para o outro. O som ainda era muito baixo. Ele foi na direção de onde Ferrugem estava escondido. O traficante tirou a pistola da cintura — se fosse preciso, ele mataria o policial, era um ou outro. Curnovski chegou tão perto de onde ele estava escondido, que ele conseguiu escutar a respiração do policial. Ferrugem suava, era um misto de medo e calor mesmo, pois devia estar uns trinta graus naquela noite de verão carioca. De repente o gemido ficou um pouco mais audível. O policial se virou e foi na direção contrária à de Ferrugem. Com o pé ele afastou algumas folhas de árvore e sacos de lixo que estavam no chão. O que ele viu, Ferrugem não soube. Ficou quieto por alguns segundos, como que petrificado. Ferrugem pôde ouvir o que ele disse antes de voltar para a rua.

— Esse pecado eu não vou levar comigo, não.

Saiu da casa em passos largos e foi logo interpelado pelo outro soldado.

— O que era que estava gemendo na casa?

— Era uma gata com cria.

— Eram gatos zumbis? — O outro policial riu da própria piada.

— Não — respondeu seriamente Curnovski.

— Então vamos, estamos em campo aberto aqui.

Os dois foram correndo atrás da proteção do caveirão.

O grupo de Nike esperou cerca de três minutos até o som do motor do carro da morte não ser mais ouvido, e aos poucos foram saindo de seus esconderijos. Raul foi o primeiro a sair. Depois Lelo, Nike, Grafite, Bebel e Marcos. Ferrugem saiu por último, e então chamou todo mundo para onde ele esteve escondido.

— Chega aqui todo mundo. Vocês não vão acreditar no que tem nesse quintal.

— Diz logo o que tem aí. — Nike queria continuar caminhando.

— Vocês só vão acreditar se virem — insistiu Ferrugem.

Todos entraram no quintal, e ficaram boquiabertos ao verem uma mulher com cara de zumbi, grávida, com marcas de tiros. Bebel foi logo se emocionando.

— Meu Deus, o que é isso?

Bebel olhou para o céu, levantou as mãos.

— Meu Deus, como o Senhor deixou acontecer isso com essa pobre mulher?

— Não foi Deus não, menina. Fomos nós mesmos — disse Raul.

— Vou matar logo ela, pra terminar com esse sofrimento.

Nike tirou uma faca da cintura, já ia degolar a mulher quando Bebel gritou.

— Não faz isso não, temos que fazer o parto dessa mulher. A criança pode não estar contaminada.

— Claro que está — afirmou Grafite.

— Tem mulheres que têm Aids e o filho nasce sem — respondeu Marcos.

— Temos que seguir nosso caminho, gente. Essa mulher já era. — Nike estava cada vez mais nervoso com a situação.

— Essa mulher está quase morta, acho que pra ela não tem mais jeito. Deixa eu abrir a barriga dela. Mas, se a criança estiver saudável, quem vai levar ela? — quis saber Raul.

Todos olharam para Bebel e Marcos.

— Pode deixar que eu levo.

Raul pegou a faca da mão de Nike e, com cuidado, abriu a barriga da mulher. Bebel quase desmaiou. Só não caiu porque foi segurada por Marcos. Raul tirou o bebê de dentro dela. Estava quieto. Raul deu uma palmada na bunda dele, e ele continuou sem fazer nenhum barulho. Raul bateu com mais força. Finalmente, a criança começou a chorar. Mas era um choro rouco, muito diferente. Raul levantou a criança pelas pernas – ela não tinha uma aparência saudável. Era um bebê zumbi. O crack havia feito estragos também na criança.

– Pronto. É uma criança zumbi. O que vamos fazer com ela agora? – Nike botou a questão na mesa.

Bebel começou a chorar.

– Meu Deus, pensei que essa criança ia estar bem.

– Não vou levar uma criança zumbi comigo – reclamou Ferrugem.

– Eu mesmo fiz o parto dessa criança, eu mesmo vou matá-la – disse Raul.

Ninguém respondeu nada. Ele colocou a criança no chão. Os olhos do bebê estavam pretos, ele se mexia com muita dificuldade. Com um único golpe, Raul cortou a cabeça da criança. Bebel desmaiou.

– Você, que é namorado dela, pega ela no colo e vamos sair daqui.

Marcos não pestanejou, cumpriu a ordem de Boca de Nike. Saíram da casa e continuaram sua caminhada em busca da saída da favela. Bebel acordou cinco minutos depois.

– Cadê a criança, Marcos?

Marcos demorou alguns segundos para responder. Ele sabia que a namorada gostava muito de crianças, não suportava que fizessem maldade com elas.

– Infelizmente a criança estava contaminada. Ela teve que ser sacrificada.

— Por que está acontecendo isso aqui onde a gente mora, Marcos?

— Não sei, Bebel, não sei mesmo, meu amor.

Cada passo de Raul era dado com mais cuidado, pois ele sabia que poderiam dar de frente com a polícia a qualquer momento. Sabendo que não estava muito longe da saída da favela, ele pensava no que poderia fazer da vida agora que não tinha mais ninguém no mundo. "O que eu vou fazer da minha vida, meu Deus? Perdi a mulher que eu amava, perdi minha filha querida, perdi minha sogra, ela era uma filha da puta, mas era a mãe da minha esposa. Minha vida perdeu o sentido. De repente posso virar um vingador, ir às favelas, matar traficantes. Só que nunca ia acabar com todos eles. O que eu vou fazer da minha vida, meu Deus? De repente posso cometer harakiri. Mas aqui no Brasil não seria legal. Seria legal no Japão. Já pensou eu indo para o Japão? Ia querer cometer harakiri aos pés do monte Fuji, queria que fosse uma cerimônia completa. Mas isso ia custar muito dinheiro. Não tenho esse dinheiro todo. Ninja do terceiro mundo não consegue juntar dinheiro. Mas está decidido: vou para o Japão para cometer harakiri e morrer com honra. Vou pra lá, vou trabalhar, juntar dinheiro. Em dois anos já terei o suficiente para cometer meu harakiri com tudo a que eu tenho direito."

O barulho de uma lata de lixo caindo chamou a atenção de Raul. Ele verificou todo o perímetro. Não viu nada estranho. Continuaram a caminhada.

Ferrugem vinha logo atrás de Raul. Ele olhava para o ninja, mas não acreditava que poderiam existir ninjas, achava que isso era coisa de gibi. Ferrugem também pensava na vida, no que iria fazer depois que saísse da comunidade. "Ainda não sei bem o que vou fazer da minha vida depois que sair daqui, dessa doideira toda. Uma coisa é certa: aqui eu não volto mais não, nunca mais. Também vou sair dessa vida de crime, não vou formar mais em boca nenhuma. O que eu ganhei formando aqui com o Boca de Nike? Nada! Tenho que concordar com minha mãe mesmo, dinheiro de droga é um dinheiro maldito. Quanto que eu tenho guardado? Nenhum centavo. Vou trabalhar. Só que eu não sei fazer nada. Só sei usar e vender droga. Me ajuda, meu Deus. Quando eu sair daqui, preciso conseguir um emprego. Vou procurar meu pai. Com certeza ele vai me arrumar um trabalho em alguma obra. Ele conhece muita gente. Vou trabalhar, arrumar uma mulher direita. Não essas mamadas da favela, uma mulher decente, que queira somar comigo. Depois vou conseguir minha casinha, pra dar um lugar decente pra minha mãe morar. Caralho! Maluco! Que vida medíocre que eu tive. Só violência e maldade. Se eu sair daqui vivo, chega disso." De repente deu uma tristeza em Ferrugem, um sentimento de inutilidade. Era uma tristeza quase palpável, o que só aumentou sua vontade de sair dali, para recomeçar em outro lugar.

Grafite também fazia seus planos enquanto estava escondido num quintal para não ser visto pelo helicóptero da polícia, que fazia voos rasantes. "Que loucura, meu Deus, pensava que essas paradas só aconteciam em filmes. Está acontecendo aqui onde eu moro. Bem que essa história dava um filme. Já pensou eu fazendo um filme sobre uma invasão de zumbis numa favela? Caraca, aquele cara que fez *Tropa de Elite* podia fazer esse filme. Já pensou. Caraca, seria muito maneiro. Ia logo querer ganhar o Oscar e muito dinheiro. Ia comer aquelas atrizes famosas tudo. Ia poder conhecer o 50 Cent, o Ja Rule. Só que primeiro eu ia querer conhecer os Racionais MCs. Quero conhecer o Mano Brown. Já pensou eu famosão de carretão, com o Brown lá no Capão Redondo? Caralho! As mina ia pirar tudo. Ia chegar aqui na favela de carretão, só roupa da Thug 9, as mina ia dar tudo mole pra mim. Mas eu só ia querer uma. A Marcinha. Com certeza se eu for rico e famoso ela vai querer ficar comigo. Quero ver ela me esculachar se eu chegar aqui num carrão, roupa maneira. Aí ia dar molinho pra mim. Só de pensar nela peladinha na minha frente... Meu Deus do céu. De repente essa doideira de fazer um filme sobre o que aconteceu aqui na favela seria maneiro, hein." O som de uma rajada de fuzil despertou Grafite do seu delírio sexual.

Lelo também viajava em seus pensamentos enquanto esperava o grupo de policiais passarem. "Que merda, não sei por que inventaram de colocar uma UPP aqui agora que o Nike vai meter o pé. Se essa porra de UPP não fosse colocada aqui, eu poderia ser o dono dessa favela. Só que com UPP não dá. UPP é o caralho. Eu poderia ser o chefão aqui. Só não ia vender crack! Depois disso aqui, crack nunca mais. Não posso ficar aqui por causa das UPPs, não posso ir pra Bangu e nem Campo Grande, essas porras de milícia é que mandam por lá. De repente eu posso ir pro Cajueiro ou pra Vila Kenedy. Vila Kenedy é muito longe, é Cajueiro ou Jacarezinho. No Cajueiro não conheço ninguém, mas lá no Jacarezinho tem minha tia Nilda. Vou ir pá lá, vou formar por lá, vou virar o chefão de lá. Não fugir de lá, como o Boca tá fazendo, com medo de UPP. Não tenho medo desses filhas da puta das UPPs. Só não vou dar mole pra eles. Agora quero sair logo daqui pra seguir com minha vida em alguma outra favela do Rio. Quem me esculachou quando eu era nada vai ver um dia, deixa eu ganhar uma grana. Quem ficar vai tomar só de G3 na lata."

Bebel estava abaixada ao lado de Marcos. A imagem daqueles movimentos estranhos do bebê zumbi ainda estavam em sua mente. Ela sentia que poderia viver mil anos, mas nunca esqueceria aquela imagem tão bizarra. "Vou fazer conforme o livro de autoajuda explicou, vou traçar metas para serem cumpridas, uma coisa de cada vez, vou dar mais valor às coisas pequenas da vida. Minha primeira meta é sair daqui viva. Depois vou querer saber do Marcos, o que podemos esperar desse nosso namoro, se vamos ficar só namorando, se vamos casar, o que vamos fazer de nossa vida. Uma coisa eu sei: se a gente transar eu não vou engravidar, não posso dar esse mole. Deus me livre de ter uma vida igual à da Ana Julia, dezessete anos, já com filho para criar. Também quero curtir muito a vida ainda e não quero filho nenhum agarrado no meu peito, deixando ele caído e flácido. Deus me livre disso. Filho só na hora certa. Tenho que decidir também o que vou fazer depois que terminar o segundo grau. Faculdade de quê, eu vou fazer? Se eu sair viva daqui é porque Deus me deu uma segunda chance. Acho que quando Deus nos dá uma outra oportunidade, temos que valorizar tudo, pois só desse jeito é que vamos entender, ou melhor, que vamos fazer Deus entender que compreendemos que nos foi dada uma nova oportunidade. Acho que de repente também vou frequentar uma igreja. Só que eu não gosto dessas igrejas que gritam muito, parece que todos estão desesperados, nem daquela igreja daquele pastor que veio aqui semana passada, o pastor Marcos, que doideira, um monte de gente caindo, ele gritando. Parecia um hospício. Eu acho que os cultos que Jesus fazia não eram daquele jeito não. Vou procurar uma igreja onde não tenha gritaria, nem gente caindo. Uma igreja normal."

Marcos também pensava em seu futuro, no que faria se saísse vivo da situação em que se encontrava, preso em sua própria favela, com medo de ser morto pela polícia ou pelos zumbis. "Situação filha da puta, essa, podendo ser morto pela polícia ou pelos zumbis. Depois que sair daqui, se sair, tenho que dar um jeito na minha vida, trabalhar, estudar. De repente eu faço os dois. Tenho primeiro que me resolver com a Bebel, eu amo ela, mas só que essa coisa dela de só transar na hora certa tá me matando. Sempre transei com minhas namoradas, menos com ela. Quando será que essa hora vai chegar? Já não tô aguentando mais. Já pensou se eu morro hoje sem transar com ela? Caraca, nem quero imaginar, isso não pode acontecer, eu não vou morrer. Se eu sair vivo daqui, vou encostar ela na parede e vou dar um papo reto. A gente transa ou cada um segue seu caminho. Mas eu gosto dela. Se ela não transar comigo vou transar com outras. Só sei que no queijo, chupando dedo, eu não vou ficar. Caralho! De repente essa dor de cabeça que eu estou sentindo é falta de sexo. Maluco, se eu sobreviver, vou conversar com ela, se ela não ceder, vou dar um beijo nela e vou procurar a Karina. Ali eu sei que vou me dar bem. Sempre me dei. Tomara que ela não tenha sido morta por nenhum zumbi. Mas se ela morreu posso procurar a Diana, daquela vez que a gente ficou no baile, não vou esquecer nunca, Karina e Diana. Se a Bebel continuar com essa palhaçada vou ter que ir atrás delas. Se ela não gostar, paciência. Quem criou esse clima foi ela mesmo. Só que antes de tudo temos que conseguir sair daqui".

Boca estava ao lado do ninja, os dois observavam a passagem dos policiais. Nike começou a refletir sobre o futuro. "Que loucura, nem nas minhas viagens mais loucas eu imaginei que pudesse ver zumbis na favela. Ninguém ia imaginar isso. Com essa vinda da UPP, com o dinheiro que o governo me deu pra deixar que eles entrassem aqui, pra implantar essa droga de polícia pacificadora sem resistência, já estava pensando em mudar de vida. Se eu sobreviver depois disso tudo, chega de drogas, de tráfico, chega de vida errada. Vou juntar meus filhos todos, vai geral morar comigo. A Natália, a Claudinha, o Robinho, o Luiz Roberto, o Lucas e a Márcia, vai ser legal ter todos do meu lado. Nunca imaginei que fosse sobreviver a essa vida loka. Quer dizer, ainda não sobrevivi, tenho que sair daqui primeiro. Vai ser difícil, mas tenho que tentar sair vivo daqui, pra continuar minha vida. Muitos já tentaram me matar, seria muita sacanagem ser morto por zumbi, depois de ter sobrevivido a invasões de inimigos, invasão da polícia, guerra de facção. Vinte anos no crime. Caralho! É uma vida. Vinte anos é mais do que muitos moleques viveram. Morreram antes nessa doideira de vida do crime. Vinte anos. Não é vinte dias. De repente posso escrever um livro contando a história da minha vida. Será que ia interessar a alguém um livro que contasse a história de um traficante? A história do VP foi contada num livro, até que era um livro legal. Só que eu não sou escritor. De repente posso comprar uma chácara com o dinheiro que eu recebi. Acho que eu vou fazer isso mesmo, compro um terreno, lá eu posso criar porco, galinha, cabra, vender leite de cabra, adoro leite de cabra. Caramba! Posso também criar peixes. Quando eu era moleque tinha maior vontade de ter um lago onde eu pudesse criar peixe. Dizem que isso dá muito dinheiro. Essa é uma ideia muito boa. Minas é muito perto daqui, mas acho que eu vou ir pra mais longe. Acho que eu vou pra Goiás. Se eu sair vivo daqui, é isso que vou fazer."

Ficaram ali, no mesmo lugar esperando o comboio passar por mais dez minutos, o que foi tempo suficiente para verem diversas covardias e arbitrariedades por parte dos policiais. Eles invadiam casas de moradores que tentavam filmar o que estava acontecendo, entravam nas residências, matavam as pessoas e depois as colocavam no caminhão da Comlurb. Todos que assistiam à barbárie estavam revoltados, Raul mais ainda. Se estivesse com a câmera poderia gravar essa covardia pra entregar aos jornalistas, porque para as autoridades não poderia entregar, já que eram eles próprios que estavam matando as pessoas.

O grupo estava a cerca de oitocentos metros do local por onde tentaria sair da comunidade, uma distância não muito grande, era isso que os separava da liberdade. Depois que o comboio de policiais passou, todos saíram de seus lugares.

— Meu Deus, vocês viram o que eles fizeram naquela casa ali? — Bebel apontou para uma casa de dois andares.

— Eles mataram aquelas pessoas que moravam ali pelo simples fatos de ter alguém filmando.

Marcos sentia vontade de vomitar. Não conseguiu prender, vomitou ali mesmo.

Raul chamou Boca de Nike num canto.

— Me diga uma coisa, que saída é essa que você conhece? Será que os policiais não fecharam essa também, não?

— Não fecharam, porque ninguém sabe da existência dela, quem me disse foi um amigo que descobriu. Eu nunca contei pra ninguém, nem minha mãe sabe. Muitas vezes saí por ali com a favela totalmente cercada. Os moleques me chamavam de bruxo, porque eu simplesmente desaparecia e voltava depois.

— Porque, se você estiver errado eu vou te matar, não vou te poupar uma segunda vez.

— Se liga, ninja, sei que você não é bobo, eu também não sou. Vou fazer quarenta e dois anos, estou vivo não é à toa. Sempre soube sair de situações difíceis. Essa, apesar de ser muito louca, também é muito difícil. Nós vamos conseguir sair daqui.

Recomeçaram a caminhada, mas dessa vez estavam com o ânimo redobrado — a saída estava próxima. Estavam caminhando pela rua mais longa da favela, que ficava a uma quadra da beira do rio que margeava a comunidade. Teriam que entrar na terceira rua, onde ficava a rede de águas pluviais que havia sido desativada em uma das inúmeras obras feitas em ano de eleição, para que candidatos conseguissem votos. O ninja fazia a contenção novamente. Porém nem o mais experiente dos contenções estaria preparado para ver o que vem de cima, do céu. Em seu inconsciente, ele esperava que, não vindo um camburão, pudesse vir uma rádio patrulha, ou carro à paisana ou ainda, no pior dos casos, um caveirão. Mas não um helicóptero. Talvez o cansaço tivesse deixado seus reflexos mais lentos, mas o fato é que o ninja não viu. Foi Ferrugem quem avisou.

– O helicóptero!
– Temos que chegar na rua Três, a saída é lá.

Dessa vez não puderam se esconder juntos, foi uma correria danada. O helicóptero tinha visto o grupo, e começou a atirar. Boca de Nike sentiu as balas ricocheteando no chão, bem ao seu lado. Como já havia vivido essa situação antes, ele começou a correr em zigue-zague. Sabia que tinha que sair do campo de visão do atirador. Se continuasse correndo seria alvejado em questão de segundos. Por isso, nunca ficou tão feliz em ver uma mangueira. Foi em direção à árvore, e não foi mais visto pelo atirador. Agora tinha que se esconder dos policiais que viriam andando junto com o caveirão.

Os únicos que conseguiram continuar juntos foram Bebel e Marcos, porque ele não largou a mão dela enquanto corriam. Deram graças a Deus por o helicóptero ter ido na direção de Boca e conseguiram se esconder sob o telhado de um botequim. Mas tinham que sair rápido.

Forçaram a porta do bar, que era de madeira, e estavam indo para o fundo da casa quando um senhor com uma pá na mão mandou eles saírem do bar.

— Saiam daqui, seus anormais.

Pelo sotaque, notaram que era um português.

— Para de gritar, desgraçado, se a polícia ouvir vai entrar aqui, matar o senhor, sua família e a gente — disse Marcos. — Não queremos nos esconder em sua casa, queremos ir para a rua de trás.

Ao ouvir que sua família poderia ser morta, o senhor baixou a pá, deixando que os dois passassem. Da casa do português pularam o muro e foram para a casa de trás. Os cachorros começaram a latir, e eles correram para a outra casa.

— Vamos ficar pulando de casa em casa? — Bebel estava esgotada.

— Vamos tentar chegar até uma casa na rua que o Nike falou. A gente se esconde até ele chegar. Lá você descansa.

Pular um muro de uma casa na favela é mais difícil do que parece, por vários motivos: no momento em que você se apoia em um muro velho, o tijolo vira pó; perto dos muros sempre tem algum tipo de torneira, chuveirinho, barril, o que acaba deixando-o escorregadio; pobre gosta muito de uma planta chamada hera, que gruda nos muros para crescer, e tem espinho. Isso, sem falar dos cachorros que ficam nos quintais e do cocô dos gatos em cima do muro. É quase certo meter a mão na bosta dos bichanos, que, diga-se de passagem, é um dos cocôs mais fedidos da natureza. Mas quando é sua vida que está em jogo, todos os obstáculos têm que ser ultrapassados.

Ao ouvir o aviso de Ferrugem sobre o helicóptero, Lelo correu para dentro de uma vila. Depois que perderam Boca de Nike de seu ângulo de visão, o atirador e o piloto mudaram de alvo. A aeronave parou no ar, o atirador mirou e atirou na direção de Lelo, que também começou a correr, ziguezagueando como Nike havia feito.

— Filha da puta, fica quieto, desgraçado — praguejou o atirador.

Em sua fuga desesperada, Lelo não via um único lugar onde pudesse se esconder. Procurando uma casa com um muro mais baixo, viu uma no meio da vila. Mas quando segurou no tijolo para tentar subir, uma bala acertou o tijolo, fazendo com que ele caísse. Sabendo que poderia ser morto nesse exato momento, Lelo levantou o fuzil e atirou na direção do helicóptero. Se acertou, não soube. Conseguiu notar apenas que durante uma fração de segundos o atirador parou de disparar. Levantou-se e continuou sua corrida pela vida. Quando chegasse ao final da vila iria dobrar para a esquerda, tentando chegar até a escola, onde poderia se esconder. Uma vez tinha se escondido dentro da caixa d'água, e por sorte não fora encontrado. Era a única saída que via. Dessa vez, no entanto, deu azar: quando saiu da vila para entrar na rua da escola, três policiais vinham correndo na direção do local de onde tinha saído. Ao vê-lo os policiais atiraram. Sentiu uma queimadura embaixo da coxa. Tinha sido atingido, mas não podia parar, então correu na direção contrária. Tentaria entrar num pequeno matagal que havia na entrada da rua onde estava. Mesmo ferido, virou-se em direção aos policiais, deu uma rajada na direção deles e pôde ouvir um grito. Acertara um dos policiais no peito. Correndo mais devagar por causa do tiro, entrou no terreno e quando começou a correr notou que tinha feito uma escolha errada. O terreno estava queimado, as poucas árvores que havia ali tinham virado carvão, e o mato estava muito baixo. Sentiu nesse momento que estava num beco sem saída, e soube que iria morrer. Começou a pensar em sua vida, lembrou-se de sua mãe, do pai, de seu tio José, o homem cujos conselhos, se os tivesse escutado, teria o impedido de morrer aos vinte anos. O policial, exímio atirador, sorriu. Apertou o gatilho uma única vez, e o tiro atingiu Lelo nas costas. Quando ele caiu no chão, já estava morto.

– Manda recolher – disse o atirador no rádio.

Ferrugem, depois que deu o aviso, viu uma casa com o portão aberto, entrou correndo, e então o fechou para que os policiais não descobrissem que alguém havia entrado por ali. Deu sorte porque na casa havia várias árvores – ele não poderia ser visto do alto. Foi para o fundo da casa. Seu plano era ir para o local de encontro pela rua de trás. Andaria um pouco mais, só que no momento essa era a opção mais segura. Seus pensamentos foram cortados pelo rosnado de um cachorro. Era um pitbull enorme que olhava fixamente para ele. Pôde ver nos olhos do bicho um brilho mortal. Não gostou do que viu. Ficaram se olhando por alguns segundos. De repente Ferrugem ouviu uma rajada de tiros de fuzil, e aproveitou para dar um tiro no cachorro. O projétil estourou a cabeça do animal, miolos voaram para todas as direções. Ferrugem adorava cachorro, não queria ter feito aquilo, mas não teve opção.

– Desculpa, cachorrinho, mas era eu ou você.

Atravessou o quintal e pulou para a casa de trás. Se posicionou dentro do quintal. Debaixo de uma goiabeira, tinha uma boa visão da rua. Decidiu esperar algum tempo, estava ouvindo muito barulho vindo da rua. Com certeza, eram os policiais conversando enquanto a marcha assassina prosseguia rumo ao interior da comunidade.

Grafite, ao ouvir o aviso, foi para a calçada e começou a correr. O neguinho era tão rápido que, para quem não prestasse atenção, seria visto apenas como um vulto. Ele entrou numa rua que ficava na direção de uma das entradas da comunidade, e dois policiais foram atrás. Quando chegaram ao local, não viram mais Grafite. Ele havia cruzado a rua, que tinha 75 metros, em apenas cinco segundos e meio. Se fosse em uma olimpíada, seria tempo para bater recorde mundial dos cem metros. Antes de ser visto pelos policiais que tomavam conta da entrada da comunidade, ele entrou em uma outra vila. Quando parou de correr para recuperar o fôlego, notou que estava a menos de cinquenta metros do ponto de encontro. Deixaria para tomar fôlego depois. Quando chegou à rua Três, conseguiu respirar aliviado. A rua estava deserta – nem zumbis, nem policiais, nem cadáveres. Na metade da rua havia alguns carros estacionados. Grafite correu mais um pouco, parou ao lado de um Opala velho e, como não poderia ficar dando mole para ser visto pelo helicóptero, entrou debaixo do automóvel. Ficaria ali até o pessoal chegar à rua, para que Boca de Nike pudesse mostrar a saída.

Raul não ouviu o som do helicóptero, estava muito cansado. Só notou a aeronave com o grito de Ferrugem. Não ia conseguir fugir correndo. Debilitado como estava, seria morto. Lembrou que tinha no bolso uma única bomba de fumaça, então jogou a bomba no chão, e a fumaça tomou conta da rua, ocultando a presença dele. Antes de a fumaça tomar conta de tudo, no entanto, Raul pôde ver um bueiro. Foi na direção dele e, com a ajuda de sua espada, conseguiu mover a tampa e entrou na rede de esgoto da comunidade, sem esquecer de recolocar a tampa no lugar. Sabia que iria sair perto do rio, uma rua atrás do local onde se encontrariam. Durante uma obra para troca das manilhas da comunidade, Raul tivera acesso a um mapa que mostrava por onde passava a nova rede de esgoto. Sabia que um dia essa informação poderia lhe ser útil. Esse dia chegara. Intrigado com a fumaça, o piloto deu um voo rasante, para dispersar, não viu nada e continuou indo atrás de Lelo. Estava um fedor dos infernos. Raul teve ânsia de vomito, mas conseguiu prender. Tinha que se arrastar pelo esgoto, e como era grande demais, não podia ficar em pé dentro das manilhas.

— Puta que o pariu, como bosta de pobre fede.

Da mangueira, Boca de Nike passou para a laje e se escondeu na casa de trás, dentro de uma caixa d'agua cheia. Assim que entrou na caixa, viu o helicóptero vindo em sua direção, puxou a tampa e ali ficou por mais de meia hora. Só saiu quando não ouviu mais barulho de tiros, nem de helicóptero. Iria para o local combinado, esperaria cerca de dez minutos, se ninguém aparecesse iria seguir seu caminho. Saiu da caixa d'água e desceu para a rua. Novamente tudo estava deserto, o silêncio era total. Um tiro ao longe quebrou o silêncio angustiante. Se esgueirando pelas calçadas, olhando para todos os lados antes de atravessar a rua, seguiu em direção ao local combinado. Quando o viu chegando no final da rua, Grafite saiu do esconderijo e foi na direção de Nike.

— Nós dois chegamos. Vamos sair logo daqui, Nike.

— Calma aí, vamos dar dez minutos pra eles.

Ferrugem saiu da casa onde estava escondido e foi na direção dos dois.

— Cadê o ninja e o casal?

— Não sei, espero que eles cheguem logo. — Nike não queria deixar ninguém.

— Será que o Lelo se safou? — Ferrugem estava preocupado com quem ainda não havia chegado, ao mesmo tempo em que queria sair logo dali.

— E o ninja, hein? — perguntou Grafite.

Antes que Boca pudesse responder, viu Marcos e Bebel pulando o muro de uma casa.

— Olha o casal ali — disse Nike, apontando.

Bebel e Marcos pararam ao lado de Boca.

— Nem acredito que ainda estamos vivos. O que estamos esperando pra ir embora daqui?

— O ninja ainda não chegou. Vamos esperar mais cinco minutos.

Ninguém disse mais nada. Ficaram pensando em tudo que se passara naquele dia, talvez o dia mais louco da vida de todos eles. Seus pensamentos foram cortados abruptamente quando viram o tampão do esgoto se mexendo no início da rua.

— Separa todo mundo, devem ser os homens — gritou Nike.

De dentro do esgoto ergueu-se uma coisa negra, lodosa, que lembrava o Monstro do Pântano.

— Sou eu.

Eles pararam de correr. Quase morreram de susto com a aparência e o fedor do ninja. Ele estava todo sujo de lama preta, havia pedaços de merda agarrados na roupa dele. O fedor era insuportável.

— Cara, você está uma imundície só. Mas conseguiu chegar aqui. Isso é o que importa. Então vamos sair daqui — chamou Nike.

— Onde é essa saída, Nike?

— Tá vendo ali no final da rua? — Raul faz um movimento de positivo com a cabeça. — Tem um bueiro, ele é daqueles bem grandes, da rede de águas pluviais, essa água vai sair lá perto da avenida onde passam os ônibus que vão pra São Paulo. Entrando ali, vamos sair no rio debaixo do viaduto do trevo.

— Sei onde é. Não conhecia essa saída — disse Raul.

— Ninguém sabia, é da rede de águas pluviais de quando o governo inaugurou essa favela aqui. Tanto que ela só segue daqui pra frente. O resto foi tapado. O marido da minha irmã que me falou desse lugar.

— Por isso que quando você sumia ninguém te achava, aí tu ligava de outra favela tranquilão.

— Exatamente, Ferrugem.

— Olha o bueiro ali na frente.

No exato momento em que Nike mostrou o lugar, ouviu-se um tiro. A cabeça de Grafite explodiu, sujando todos com uma mistura de sangue e miolos. Menos de um segundo depois, avistaram os policiais vindo na direção deles. Eram cinco, armados com fuzis. Tinham ordens para eliminar a todos. Nike se jogou no chão e começou a atirar nos policiais, que trataram de se esconder.

— Corre todo mundo que eu dou cobertura. Vocês já sabem onde é a saída. Eles não podem ver, senão vão atrás da gente.

Marcos puxou Bebel pelos braços, e os dois correram beirando os muros até a outra rua. Ferrugem corria de costas, atirando nos policiais. Raul respirou fundo, juntou suas últimas forças.

— Vou tentar distrair eles.

— Eles vão te matar — gritou Nike.

— Minha vida não importa mais.

Raul pulou o muro de uma casa e tirou toda a roupa, para que não fosse denunciado pelo seu fedor. Foi para a outra rua. Correu o máximo que pôde e conseguiu sair por trás dos policiais. Com toda a habilidade de um ninja, pé ante pé, se aproximou sem ser notado. Com golpes rápidos, eliminou os cinco policiais. Não queria ter feito aquilo, mas não eram policiais do bem. Poderiam muito bem não matar a quantidade de inocentes que tinham matado. Raul olhou para os cadáveres e foi novamente em direção à saída da comunidade. Só conseguiu dar três passos. Um dos policiais ainda estava vivo e conseguiu puxar o gatilho do fuzil. Acertou

Raul nas gostas. Raul se virou e caminhou na direção do policial caído.

— Filha da puta.

Deu mais dois passos e caiu de joelhos ao lado policial que o acertara. Levantou a espada e cravou-a na cabeça do homem caído, que morreu na hora. Boca, Ferrugem, Marcos e Bebel ainda encontraram Raul vivo quando chegaram perto dele. Bebel estava chorando. Conseguiu falar entre lágrimas.

— Levanta, ninja.

Boca de Nike se abaixou ao lado dele, para poder ouvi-lo.

— Pra mim acaba por aqui. Vão embora vocês.

— A gente te leva — insistiu Bebel.

— Tudo o que eu tinha de mais valioso já perdi. Minha mulher e minha filha. Vou me juntar a elas.

Raul deu um suspiro e parou de respirar. Nike fechou os olhos dele e se levantou.

— Vamos embora daqui, só sobrou a gente.

Com medo de aparecerem mais policiais, correram o mais rápido que puderam. Quando chegaram ao bueiro, não conseguiram abrir a tampa.

— Temos que achar alguma coisa pra usar de alavanca. — Nike procurava uma barra de ferro.

— Não tem nada que sirva por aqui. — Marcos olhava para todos os lados.

— Pera aí. Já sei o que usar.

Ferrugem entregou seu fuzil na mão de Nike, subiu o muro de uma casa e foi para o telhado. Em cima da casa havia uma antena espinha de peixe, já quase sem elementos. Ele pegou a barra de ferro que segurava a antena e a trouxe para baixo, com o concreto na forma de um balde de sete litros agarrado. Com algumas pancadas, quebraram o cimento. Utilizando o ferro como alavanca, levantaram a tampa e entraram. Enquanto Boca e Ferrugem seguraram a tampa no alto, Marcos puxou o ferro, jogou-o no chão da galeria e deixou a tampa cair fazendo um barulho de ferro com ferro, ensurdecedor. Começaram a caminhar por dentro da rede pluvial. Nessa rede, no entanto, também haviam sido ligadas saídas de esgoto de forma irregular, feitas pelo próprio governo durante as obras realizadas à moda Bangu, com a única intenção de enganar a população.

— Isso aqui está fedendo muito, acho que vou...

Bebel vomitou antes de completar a frase.

— Vamos embora — chamou Nike. — Anda vomitando, quero sair logo daqui.

Marcos também puxou Bebel, que saiu vomitando para todos os lados, em todas as direções. Em determinado momento começaram a ouvir o som de carros passando em alta velocidade, buzinas. Começaram a correr. Quando chegaram perto da saída, Nike mandou todo mundo parar. Ele foi até a boca de saída de água, olhou para os lados, não viu nem sinal de polícia.

— Podemos sair.

Nike jogou o fuzil longe, tirou a mochila das costas, pegou uma pistola, colocou-a na cintura.

— Vou arrumar um carro pra sair daqui e não voltar nunca mais.

Ferrugem jogou todas as armas fora.

— Nunca mais vou segurar em uma arma na minha vida. Essa foi a última vez. De hoje em diante uma vida honesta.

Marcos e Bebel já tinham perdido suas armas havia muito tempo.

— Não vamos perder mais tempo não, Bebel. Você quer casar comigo?

Bebel Sorriu.

— Nunca imaginei que seria pedida em casamento dentro de um esgoto.

— Esgoto, não. Rede de águas pluviais — Nike interrompeu os dois. Todos riram.

— Tem cocô é esgoto. — Claro que eu quero me casar com você, Marcos. Os dois se beijaram.

— Vamos sair daqui. Ainda temos que atravessar um rio poluído.

Eles pararam na saída da água. De onde estavam até a outra margem, a distância era de uns seis metros.

— Será que esse rio é muito fundo? — Bebel estava preocupada.

— Só tem um jeito de saber.

Nike entrou no rio, começou a caminhar, e a água ficou um pouco abaixo da cintura dele, na parte mais funda.

— Vamos, dá pra passar tranquilamente.

Bebel estava com medo de cair dentro do rio e ser arrastada. Marcos a pegou no colo, começou a atravessar o rio.

— Fecha os olhos — ordenou ele com carinho.

Bebel fechou os olhos. Por um momento, ouvindo o som das águas, o cricri dos grilos, poderia facilmente imaginar que estava numa cachoeira no Camorim. Mas o fedor da água transformava qualquer sonho em pesadelo.

— Pode abrir os olhos.

Quando ela abriu, já estavam subindo a ribanceira. Marcos só a colocou no chão quando chegaram à beira da estrada.

— Eu vou nessa, pessoal, ainda tenho um último crime pra cometer. Vou roubar um carro e ir para um sítio. É lá que eu quero envelhecer, ver meus filhos crescerem. Sei que fiz muita coisa errada, vou ter que conviver com isso. Só não digo pra onde vou pra segurança de vocês. Adeus.

— Valeu — agradeceu Marcos.

— Se cuida — aconselhou Bebel.

— Vai nessa, Nike. Quem sabe um dia a gente se encontra.

Nike deu um tchau para Ferrugem.

— Vou para a casa da minha vó em Caxias, vou começar uma vida nova. Amanhã mesmo vou procurar um trabalho.

Ferrugem apertou a mão de Marcos, Bebel deu um beijo no rosto dele. Os dois ficaram olhando ele se afastar. Marcos deu a mão para Bebel.

— Vamos.

Os dois caminharam de volta para a entrada da favela. Ficariam por lá até serem autorizados a entrar na comunidade novamente.

LIMPEZA

Na entrada da favela recomeçou uma grande confusão. As equipes de policias estavam começando a sair. Os plantões de todas as TVs começaram a correr atrás das notícias.

— Estamos vendo mais uma vez uma confusão enorme na entrada da comunidade. Vamos ver se conseguimos entrar em contato com a nossa repórter. E aí, Ana. Que alvoroço é esse aí na comunidade?

— Os caminhões que entraram para fazer a limpeza estão saindo da comunidade, e mais uma frota está pronta para entrar. Só que não encontramos ninguém da Secretaria de Segurança Pública para nos explicar o que está acontecendo. Não estamos ouvindo mais tiros, aparentemente apenas um helicóptero sobrevoa a comunidade. Essas são as informações do momento.

A âncora do telejornal se virou para Ronaldo Petters, o comentarista de segurança da emissora.

— E agora, Ronaldo?

Ronaldo se posicionou e fez uma cara de poucos amigos antes de começar a análise.

— Bem, com certeza a situação na comunidade deve ter melhorado muito, pois há um bom tempo que não se houve um tiro sequer. Eles devem ter feito uma limpeza quase que completa na comunidade, devem ter recolhido grande parte dos corpos. Pude ver que, além de policiais, dessa vez garis também vão entrar.

O pensamento de Ronaldo foi cortado pela repórter.

— Agora, além do caveirão e dos minitratores, vários carros da Comlurb, muitos garis. Inclusive o Renato Sorriso já está ali sambando com sua vassoura. Além de caminhões, carros-pipas e vassouras mecânicas estão entrando na favela. Uma fonte de dentro da secretaria confirmou que em menos de duas horas os moradores poderão voltar para suas casas.

— Queria que você continuasse seu raciocínio, Ronaldo.

— Como eu estava dizendo, uma grande operação de limpeza está se iniciando, com certeza a comunidade será entregue em ordem para os moradores. Isso é muito bom, é o que todos queremos. Só que essa limpeza também vai acabar com todas as provas do que houve lá dentro. Essa "limpeza", entre aspas, vai esconder o massacre que aconteceu. Não vai sobrar material nenhum para a análise dos peritos da Polícia Científica. Infelizmente, em nosso estado é assim.

— E no mundo, como isso vai repercutir?

— Mal, muito mal mesmo para nosso país.

Outro repórter chamou a âncora.

— Temos notícias também lá da secretaria de Segurança. Diga aí, Sandro.

— Foi anunciado que no máximo em dez minutos o secretário de Segurança lerá uma nota oficial, explicando o que houve na Cidade de Deus.

— Estamos esperando mesmo por isso. Correto, Ronaldo?

— É o mínimo que o senhor secretário deve fazer. Já que no restante das demandas ele nunca mostrou nenhuma competência.

— Vamos agora aos comerciais, voltaremos direto da Secretaria de Segurança Pública.

Na sala de imprensa da secretaria, um assessor pegou o microfone para falar com os jornalistas.

— Queria avisar aos senhores que o secretário vai ler uma nota, não irá responder a nenhuma pergunta. Amanhã, às três da tarde, depois de toda a cúpula da segurança se reunir, aí sim teremos uma entrevista coletiva, onde vocês poderão perguntar o que quiserem.

Houve um burburinho, os repórteres reclamaram, mas não teve jeito. A porta foi aberta. Rômulo foi se arrastando na direção do microfone. Notava-se que ele estava muito cansado. Antes de começar, ajeitou o microfone.

— Boa noite a todos. Gostaria de dizer que em menos de uma hora a comunidade da Cidade de Deus será liberada para a entrada dos moradores. Nossos valorosos homens da Comlurb, resguardados pelos policiais do Bope, estão terminando a limpeza. Os tiros que vocês ouviram foram dados pelos últimos traficantes que lá ainda se encontravam. Pois, como já foi dito, vamos antecipar em um mês, a implantação da UPP-CDD. O que houve nessa comunidade foi que o traficante conhecido como Boca de Nike foi responsável por vender uma droga, o crack, misturada a alguma substância ainda desconhecida que causou esse mal aos usuários, apelidados erroneamente pela mídia de zumbis, coisa que sabemos não existir, a não ser em filmes e livros. Realmente, como foi dito, uma certa quantidade de viciados veio a falecer após o uso dessa droga. Segundo o capitão Anastácio, foram recolhidos da rua cerca de trinta usuários mortos. Os outros quarenta que foram colocados nos caveirões e helicópteros da polícia foram levados para um centro de recuperação. Outros vinte se encontravam desnorteados, tendo sido levados para um hospital, que preferimos manter em sigilo. Outras cinquenta pessoas fizeram uso dessa droga. Alguns dos corpos serão examinados para que se possa descobrir o que a compõe e assim saber com o que estamos lidando. Os policiais que tiverem algum tipo de envolvimento com o senhor Paulo Firmino Nascimento, também conhecido como Boca de Nike, serão punidos exemplarmente. E quanto a esse bandido, o disque-denúncia está oferecendo uma recompensa de trinta mil reais, a maior já paga por um criminoso aqui no nosso estado, para qualquer informação que ajude a polícia a prendê-lo. As últimas providências estão sendo tomadas para a liberação da entrada da população em suas residências. Agradeço a presença de todos e até amanhã à tarde.

    Rômulo se virou, voltando para sua sala, pouco se importando com o burburinho dos jornalistas. Assim que o secretário entrou, os assessores fecharam a porta.

    – Dona Rafaela, dispensa todo mundo. Vou dormir. Preciso de sua ajuda depois.

Rafaela mandou imediatamente que todos os puxa-sacos, assessores e baba-ovos fossem embora. Rômulo foi direto para a cama. Tirou toda a roupa, deitou e ficou esperando a secretária. Quando a porta se abriu, foi logo dizendo:

— Dona Rafaela, preciso de uma chupada que só a senhora sabe fazer.

A secretária não se fez de rogada. Foi logo colocando o pau mole do secretário na boca e chupando. Ele nem conseguiu gozar. Dormiu antes. Dona Rafaela olhou para ele com nojo.

— Dorme, seu brocha filha da puta.

Ela se vestiu e foi foder com um assessor na sala do secretário.

COPACABANA

Renato chegou à praia.
— Cadê, trouxe? — foi logo perguntando Vinicius.
— Não falei que ia pegar? Meu irmão tá com um maior pedação de pedra, que ele roubou lá da delegacia. Acredita que ele disse que tem uma pedra de crack de quase dez quilos guardada lá? Ele nem vai notar que eu peguei essa pedrinha pra gente fazer um baseado envenenado pra geral. Renato apertou o baseado e junto com a erva colocou umas pedrinhas. A roda de amigos estava louca para dar um tapinha. Vinicius acendeu. Quando deu um puxão, seus olhos se esbugalharam.
— Caralho! Porradão do Mike Tyson.
Caiu ali mesmo para trás. Renato riu, pegou o baseado e foi passando. Os que ficavam em pé riam dos que desmaiavam, e desmaiavam em seguida.

impressão	*agosto de 2015*
papel de miolo	*Polen soft 70g/m²*
papel de capa	*Cartão supremo 250g/m²*
tipografia	*Fournier MT Std e DaxlinePro*